기억의
바깥

기억의
바깥

초판 1쇄 인쇄 · 2022년 9월 22일
초판 1쇄 발행 · 2022년 9월 27일

지은이 · 김민혜
펴낸이 · 한봉숙
펴낸곳 · 푸른사상사

주간 · 맹문재 | 편집 · 지순이 | 교정 · 김수란, 노현정 | 마케팅 · 한정규
등록 · 1999년 7월 8일 제2-2876호
주소 · 경기도 파주시 회동길 337-16 푸른사상사
대표전화 · 031) 955-9111(2) | 팩시밀리 · 031) 955-9114
이메일 · prun21c@hanmail.net
홈페이지 · http://www.prun21c.com

ⓒ 김민혜, 2022

ISBN 979-11-308-1955-6   03810
값 16,900원

부산광역시 BUSAN METROPOLITAN CITY   부산문화재단 BUSAN CULTURAL FOUNDATION

본 사업은 2022년 부산광역시, 부산문화재단의 부산문화예술지원사업으로
지원을 받았습니다.

38
푸른사상
소설선

기억의
바깥

김민혜 소설집

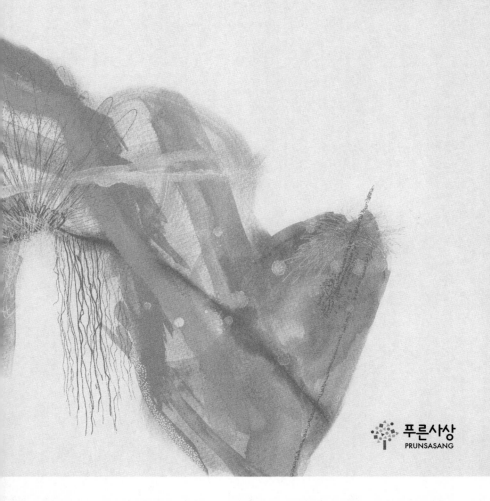

푸른사상
PRUNSASANG

수목들이 한껏 푸르고 무성해져 있었다. 한낮의 뜨거운 햇살에 나무 그늘이 반가웠다. 식물은 늘 그렇듯 생장의 속도를 늦추지 않고 계절에 순응하고 제 본분을 다한다. 정작 계절마다 온도와 습기, 미세먼지를 탓하고 힘들어하는 것은 인간이다. 새로운 사실이 아닌데도 새삼스러운 듯한 표현이 거침없이 쏟아져 나온다. 인간의 몸이, 그만큼 환경의 영향을 받기 때문일 것이다. 그런 생각을 하며 공원을 걷다 보니 새로운 길이 보였다. 늘 가는 길이었는데도 구석진 곳에 소슬한 오솔길이 나 있었다는 것을 여태 몰랐던 것이다. 포장되지 않은 흙길을 걸으니 시골 정취가 느껴지면서 한적하고 고요했다.

장소나 길만 그런 것이 아니다. 우리의 마음이나 감정 안에도 미처 느끼지 못했거나 알아채지 못한 부분이 있을 것이다. 그 빈 곳, 낯설고 오묘하게 남겨진 그 자리를 탐색하려고 인문학을 공부하고 글을 쓰는 것이 아닐까.

처음 쓴 소설은 1997년에 쓴 것으로, 단편이 아닌 중편이었다. 원인 모를 눈병으로 안과를 다녔는데 의사는 실명이 될 가능성이 있으니 큰 대학병원에 갈 것을 권유했다. 눈의 치료보다 소설 걱정이 덜컥 든 나는 그날부터 소설 쓰기에 몰입했다. 소설 한 편 못 쓰고 그대로 주저앉을지 모른다는 불안감 때문이었다. 겨울이었는데 한쪽 눈에 안대를 대고 선글라스를 쓴 채 직장에 나가 일하고 밤이 되면 소설을 꾸역꾸역 써 내려갔다. 곧 빛을 못 보고 멀어질지 모를 눈으로 역시 빛도 보지 못할 소설을 쓰려고 열정적으로 매달린 기묘한 작업이었다. 보름 동안 작업하고 나니 290매의 중편이 되어 있었다. 소설기법이나 완성도에 대해서는 누구한테도 들은 바가 없어 혼자만의 방식으로 자유롭게 쓴 소설이었다. 그 후 소설은 예상대로 빛을 보지 못했지만 다행히 눈은 빛을 보게 되었다.

소설을 품고 살아온 지 사반세기가 지났다. 부침과 파란을 겪으며, 소설은 쉽게 응답해주지 않았지만 글을 쓰며 성장한 것은 결국 나 자신이었다. 소설 속 인물들과 함께 호흡하며 척박한 현실의 장면들을 만들고 구성하면서 나의 세계관은 더 깊어지고 단단해질 수 있었다.

소설 쓰기는 높은 산처럼 아득하고 멀지만 서두르지 않고 찬찬히 걸어가겠다. 가파른 벼랑을 맞닥뜨려도 힘을 내어 걷는다면 언젠가 웅숭깊은 사유의 글을 길어 올릴 수 있을 거라고 믿는다. 빛에 닿지 못해 어둠 속에 버려지거나 경계에서 밀려난 이들의 편에 서서 진지하게 귀를 기울이고 목소리를 담겠다. 책 백 권을 내려면 나무 두 그루가 소요된다는 얘기를 들은 적이 있다. 이 책이 나오기 위해 쓸쓸히 베인 나무들에게 진정으로 미안하다. 책에 담긴 나무의 정령과 필자의 열정이 독자들에게 따스한 온기로 가 닿기를 바랄 뿐이다.

소설 쓰기에 늘 응원을 보내주고 있는 춘식, 세은, 미영, 나현, 서연, 민주, 그리고 힘이 되어준 문우들께 고맙다는 말을 전한다. 멋진 해설을 써주신 심영의 평론가님께 깊은 감사를 드린다. 부족한 원고가 책이 되어 나올 수 있도록 이끌어주신 푸른사상사의 맹문재 주간님과 수고해주신 편집진에도 진심으로 감사드린다.

2022년 가을
김민혜

차 례

엄마의 문장

엄마의 문장

    서면에 있는 주짓수 도장에 가는 길이다. 지하철 안에서 습관처럼 휴대폰을 열고 유튜브로 들어갔다. 구독 신청한 영상이 주르륵 올라왔다. 그중에 '우찌의 하루'를 클릭했다. 우찌가 언니와 함께 식당을 통째로 빌려 부모님 결혼기념일 이벤트를 벌이는 장면이 나왔다. 청바지와 면 티 차림을 한 민낯의 우찌가 자연스런 연기를 펼치고 있었다. 긴 생머리를 고무줄로 질끈 묶었는데 반쯤은 비져나와 흘러내린 모습이 그런대로 우아했다. 댓글이 백 개는 넘게 달려 있는데, 우찌의 꾸미지 않은 모습과 자연스러운 연기를 칭찬하는 내용들 일색이었다. 소소한 일상에서 위로를 받고 간다는 댓글도 많았다. 나는 피식 웃으며 '좋아요'를 누르고 휴대폰을 닫았다.

    지하철에서 내려 도장으로 걸어갔다. 주짓수에 등록한 것은 자의 반 타의 반이었다. 엄마는 운동을 하면 담력과 자신감이 키워질 거라고 했고 나는 다이어트에 도움이 될 거라는 생각이었다. 운동을 마쳤을 때 온몸에 땀이 흥건하게 차올랐다. 탈의실에서 도복을 벗고 내 옷으로 갈아입은 후 도장을 나섰다. 엘리베이터에는 여자들이 빼곡 들어차 있었다. 퀴퀴한 땀 냄새가 희미하게 맡아졌다. "지수야, 목마른데 우리 음료수 마시고 가자." 한 여자가 손수건으로 땀을 닦으며 옆에 선 여자에게 말했다. "그래." 옆에 선 여자가 말했다. 지수라고 불리는 여자는 어디서 본 기억이 날 듯 말 듯했다. 주짓수 운동이 끝나면 신체적, 정신적으로 번아웃이 되어버린다. 여러 사람들과 함께 긴장 속에 있다 보면 '나'는 온데간데없고 너덜너덜해진 껍데기만 남은 기분이다. 버스 정류소로 가는데 발목이 자꾸 접혔다.

엄마는 안방에서 검은색 배낭에 짐을 챙기고 있었다. 토요일 아침에 사찰로 떠나 일요일 밤에 돌아온다고 했다. 엄마의 표정이 박새처럼 가볍고 부처처럼 경건하게 보였다.

"미래야, 운동은 재미있어?"

엄마가 나를 돌아보며 물었다.

"뭐 그럭저럭. 내 또래 여자들도 많고 청소년, 아저씨들도 더러 있더라."

"주말이라도 열심히 공부해야 돼. 알았지? 취업 준비도 미리미리 해야 한다는 것 잊으면 안 돼."

엄마가 근엄한 표정을 지으며 말했다. 난 양팔을 가슴 앞에서 엇걸어 잡으며 무표정하게 고개를 끄덕였다. 욕실에서 씻고 나왔을 때, 엄마는 주방 정리를 하고 있었다.

"잘 다녀와. 내일 아침에 늦게 일어날지도 몰라."

손을 흔들며 말하고는 내 방에 들어와버렸다. 가족이라고는 둘뿐인데 배웅도 안 하고 보란 듯이 방문을 닫아버릴 때, 엄마는 그 문이 우리 사이를 가로막는 벽 같다고 언젠가 말했다. 마치 엄마를 향한 내 마음에 빗장을 거는 것 같아 서운했다고.

사춘기 시절, 엄마는 내 분노의 총알받이였다. 그때는 매사 짜증과 화가 무시로 일어났다. 화풀이 대상은 엄마였고 짜증은 떡볶이 국물처럼 조금씩 졸아들고 증발했다. 내 안의 분노를 터뜨리기 위해 앞에 있는 물건들을 사정없이 넘어뜨리고 깨부수고 할 때도 엄마는 그걸 온몸으로 받겠다는 듯이 가만히 앞에 서 있었다. 엄마는 조용히 하나둘 그 잔해들을 수습하고 방으로 들어갔다. 내가 심약하고 소심한 성격이어서 집 밖에서는 소리 한 번 내지르지 못한다는 것을 엄마는 알고 있었다. 그래서 나에게 윽박지르면 내가 더 움츠러들고 소심해질까 봐 염려하는 것이다.

아버지는 중학교 2학년 때 돌아가셨다. 그때 아버지는 병원에서 투병 중이었지만 나는 사촌 언니를 따라 중국에 갔다. 여름방학이었고 중어중문학과 대학생이었던 사촌 언니가 보름간 중국 여행을 가는데, 엄마가 나를 딸려 보낸 것이다. 견문을 넓힐 좋은 기회라고 말하며, 아버지는 걱정 말라고 했다. 일주일이 지났을 무렵, 엄마로부터 전화가 왔다. 아버지가 위독하다고 말하는 엄마의 목소리가 가냘프게 떨렸다. 갑작스레 상태가 악화되었다고 했다.

하필 폭풍우가 몰아쳤고 태풍 경보가 발효되었다. 언니와 나는 푸둥 국제공항으로 갔다. 언니가 전광판을 보더니 울상을 지으며 부산행 항공기가 취소되었다고 했다. 전광판을 보니 부산(釜山 BUSAN) 옆에는 붉은색으로 '取消 CANCELLED'라는 글자가 찍혀 있었고 서울(SEOUL/INCHEON)도 마찬가지였다. 그 글자는 사경을 헤매고 있을 아버지만큼이나 암담하고 처참하게 보였다. 아버지에게로 가는 길이 바리가 서천서역국으로 가는 길보다 더 멀어 보였다. 약수를 마시고 아버지가 나을 수 있다면 차라리 서천서역국으로 떠나련만, 내가 갈 수 있는 어떤 길도 보이지 않았다.

사촌 언니가 울고 있는 내 손을 꼭 잡고 어깨를 토닥여주었다. 공항 근처에 숙소를 잡고 기다렸다. 임종을 보지도 못하고 아버지를 떠나보낼지도 모른다는 불안감에 밤을 지새웠다. 한국에서 들리는 엄마의 힘없는 목소리에 가슴을 쓸어내리면서. 이틀 후에야, 태풍 경보가 해제되어 부산으로 가는 항공기에 탑승할 수 있었다.

아버지가 돌아가시고, 엄마는 여러 가지 일을 전전하며 돈을 벌었다. 간호조무사 자격증을 따서 요양병원에서 근무하다 대학 정문 부스에 앉아 차량 주차권을 받는 일을 했다. 내가 대학생이 된 후에는 투잡으로 유치원 차량 도우미와 학교 급식실 도우미를 했는데 요즘은 몸이 안 좋아 쉬고 있다고 했다.

눈을 떴을 때 해가 중천이었다. 밤늦게 영화를 두 편이나 보고 잔 탓이었다. 집 안이 썰렁했다. 혼자만의 자유가 그리워 엄마의 여행을 반기지만 정작 혼자 남으면 쓸쓸함이 어깨까지 차올랐다. 안방으로 들어가니 라벤더 향이 희붐하게 떠돌았다. 화장대 위에는 내가 선물한 디퓨저가 놓여 있었다. 나는 엄마의 냄새가 섞인 향을 흠씬 들이 컸다. 화장대 서랍을 열어보니 안에는 레몬빛 가죽 수첩이 들어 있었다. 그 안에는 일기가 깨알같이 박혀 있을 것이다. 엄마의 사생활이 문득 궁금했다. 남의 일기를 본다는 것은 선을 넘는 것이니까 읽지 않았다. 엄마는 잠들기 전 밤마다 식탁에 앉아 뭔가를 끼적거렸다. 노트북이 아니라 노트였고, 연필이나 볼펜이 쓱싹거리는 소리가 마치 재봉틀 소리처럼 들렸다. 엄마에게 뭘 그리 열심히 적느냐고 물으면 엄마는 그냥 '문장'이라고 했다. 노트에 문장을 쓰면서 엄마는 박음질하듯 자신의 마음을 재단하고 붙이고 싶었을까. 가끔 한숨 소리가 새어 나왔고, 그 소리는 세상의 저편에 있는 아버지를 향한 원망처럼 들리기도 했다. 천 갈래 만 갈래 찢기는 마음을 문장으로 이어 붙여 그 노트에 고스란히 담아놓았을 거라고 나는 짐작했다. 졸업을 앞둔 나만큼이나 초조하고 불안할까. 날 향해 미소를 짓는 엄마를 생각하면 그렇지는 않을 것 같았다.

노트가 열 권도 넘는 것을 보고 나는 말했었다. "엄마, 저걸 타이핑해서 책이라도 내지?" 엄마는 내 말에 실죽 웃었다. "미래야, 난 내 흔적을 남기기 싫거든. 내가 죽고 나서 내 이름, 책 같은 게 남아 있으면 찜찜해. 이건 그냥 가장 행복한 내 시간의 흔적이야." 엄마는 마치, 천국에 오른 듯한 표정으로 말했다. 나 역시 천사의 미소를 짐짓 지으며 고개를 끄덕여주었다.

엄마와 시내 백화점에 쇼핑하러 갔을 때였다. 1년에 한 번, 우리는 백화점에 들렀다. 엄마는 가방이었고 나는 운동화였다. 쇼핑백을 들고 10층 하늘정원에 있는 카페에서 커피를 마셨다. 바다와 바다 위의

웅장한 대교가 보였다. 엄마와 나는 별로 할 얘기가 없어 차를 마시다 휴대폰을 들여다보며 시간을 보내고 있었다. 사람들 시선이 한쪽으로 쏠리는 느낌에 엄마와 나도 그쪽으로 돌아봤다. 바다 건너편 호텔 외벽에서 천연색 색상의 드레스를 날개처럼 드리운 채 춤을 추는 무희들이 보였다. 금방이라도 추락할 것처럼 위태롭게 보였지만, 무희들은 몸에 매단 밧줄을 이용해 외벽에 붙었다 떨어졌다 하며 음악에 맞추어 새처럼 춤을 추고 있었다. 밧줄이 만약 끊어진다면……? 생명이 끊어질 수도 있는 장면이었다. 간담이 서늘해졌다. 하늘, 바다를 배경으로 높은 건물의 외벽을 지렛대 삼아 펼치는 춤은, 인간의 무한한 도전을 보여주는 듯했다. 무희들은 하늘하늘 날고 있었다. 인터넷으로 검색해보니, 그 춤의 이름은 '버티컬 댄스'였다. 10분 정도 더 지켜본 뒤 우리는 카페를 나왔다.

"미래야, 저 무용수들처럼 과감하고 담대하게 살아. 불안은 늘 따라다니겠지만. 용기와 도전이 우리 삶을 오십 프로, 아니 팔십 프로 끌어올린다. 알았지?"

엄마가 간곡한 어조로 나에게 타일렀다. 나는 답변은 유보한 채 엄마를 쳐다보며 싱긋 웃기만 했다.

저녁에 도복 가방을 들고 도장에 갔다. 탈의실에서 옷을 갈아입는데 엘리베이터에서 본 지수라는 여자가 들어왔다. 나를 보더니, 씩 웃었다. 나는 멋쩍은 표정을 짓고는 탈의실을 나왔다. 스파링이 시작되고 앞에 선 남자와 콤바치를 했다. 주먹을 부딪치는 인사인데 남자의 표정이 딱딱했다. 내가 여리해 보여서 그런가, 남자는 힘을 빼고 나를 살살 다루었다. 내가 남자의 소매 끝을 잡고 힘껏 왼 다리로 걷어찼다. 남자가 테이크다운되었다. 내가 신입이라 얕보았던 거다. 남자가 화들짝 놀란 얼굴로 자세를 바로 하더니 내 양어깨를 꽉 움켜쥐었다. 남자의 헉헉대는 숨소리가 귓전에서 울렸다. 내가 안간힘으로 버티니, 남자가 슬며시 힘을 뺐다.

다음 파트너는 지수였다. 나는 그녀의 양어깨를 움켜잡고 힘을 주었다. 그녀가 나에게 속절없이 끌려오더니 몸이 기우뚱거렸다. 다행히 곧 중심을 잡고 똑바로 앉았다. 이번에는 그녀가 내 목덜미 뒤로 양손을 맞잡고 당겼다. 내가 목에 단단히 힘을 주고 고개를 뒤로 젖혔다. 그녀의 손이 탁, 풀어지고 뒤로 몸이 흔들거렸다. 그녀가 나에게 당하고 말았다. 호리호리한 몸매에 가냘픈 목소리, 계란형 얼굴에 큰 눈동자는 그런대로 미인형이었다. 나는 지수의 도복 깃을 움켜쥐었다.

"너 힘 좀 세다. 나 좀 봐주라. 난 지는 것 싫거든."

내가 좀 어려 보이나, 지수는 처음부터 반말이었다. 게다가 눈웃음까지 치며 나를 회유하는데 넘어갈 내가 아니다.

"나도 지는 것 싫거든요. 그냥 힘닿는 대로 해봐요."

내가 단호하게 말했다.

"만약 내가 이기면 시원한 스트로베리 라테 사줄 텐데 말이야. 어때?"

그 말에 군침이 돌았다.

"진짜요? 제발 이겨봐요. 그럼."

내가 살짝 힘이 빠진 틈을 타서, 지수가 플라워 스윕을 했다. 내가 속절없이 뒤로 툭 넘어갔다. 그녀가 의기양양한 웃음을 날렸다. 수업이 끝나고 지수와 도장을 나와 사거리 코너에 있는 주스 매장으로 갔다.

"너, 은근 끌리는 매력 있어. 맑고 순진하게 보이는데. 내가 아무한테나 주스 사주는 것 아니다? 졸업반이야?"

"네……. 아무한테나, 는 무슨 말인지……요? 왜 반말……이죠?"

내가 약간의 경계심을 품은 채 딱딱한 어조로 물었다.

"나는 2년 전에 졸업했거든. 어느 날, 눈떠보니 내가 유명인이 되어 있었다는 것 아니겠니? 유튜버 우찌 몰라? 찾아보면 나올 텐데."

지수가 뽐내듯이 턱을 치켜 올리며 말했다.

"뭐…… 유튜버 우찌? 설마 진짜예요? 나 그거 구독해서 보는데요. 어째 누군가와 닮……."

나는 눈을 크게 뜨고 말했다. 마지막 문장은 나오다가 쑥 들어가버렸다.

"난 그냥 일상 그대로 자연스럽게 표현했을 뿐인데, 그게 구독자들에게 제대로 먹힌 거지. 운이 좋았어. 우리 친구하자. 말도 놓고."

"오, 부러운데……."

구독하던 영상의 유튜버를 직접 만나고 친구까지 하게 되다니. 내 얼굴에 옅은 열감이 느껴지면서 어디엔가 홀린 느낌이었다. 허벅지를 세게 꼬집어본 후에야 우찌를 향해 순진무구한 미소를 지으며 고개를 끄덕였다.

"꾸미지 않고 수더분하면서 자연스럽게 몰입하는 연기가 좋아. 나도 유튜버가 되고 싶지만 성격이 소심해서 안 될 거야."

"뭐 처음부터 잘한 건 아니고. 한번 능청을 떨며 해봤는데 반응이 좋더라. 거기서 힘을 얻으니 술술 풀리더라. 사람들은 아무것도 아닌 일상에 열광하더라. 관심 있으면 도전하는 거지. 겁먹을 필요 뭐 있어."

그 말을 끝으로 우찌는 전화번호를 알려주고 총총히 걸어갔다. 집으로 와서 곱창전골을 시켜 먹었다. 위장에서 짭조름하고 매콤 칼칼한 음식을 달라고 은근 아우성이었다. 가끔, 혼자 있을 때 엄마의 손맛을 벗어나고 싶어 배달음식을 시켜 먹고는 했다. 그래야 나도 자유롭고 독립적인 영혼이 되는 느낌이 드니까. 엄마는 내가 엄마 품을 못 벗어난다고 걱정하지만, 나도 엔간히 노력하는 편이었다.

밥과 곱창을 먹고 나자 피로가 풀리는 듯 노곤해졌다. 곱창전골이 바닥을 드러낼 즈음, 나도 바닥에 눕고 다리를 뻗었다. 언젠가 배달된 김치찜을 먹고 있을 때, 엄마는 김치국밥을 먹었다. 멸치와 북어로 낸 육수에다 김치와 찬밥, 계란을 넣어 죽처럼 끓였다. 나는 어릴 때 많이 먹었던 김치국밥이 맛있네, 요즘은 더 당기네, 엄마는 혼잣말인 듯 구시렁거렸고 내가 배달음식 시킬 때마다 김치국밥을 끓였다. 엄마의 권유에도 나는 끝내 김치국밥은 먹지 않았다. 벌떡 일어나 욕실로 가서 씻은 다음, 커피를 한 잔 타서 책상에 앉았다. 컴퓨터를 부팅해서 강의 사이트에 접속하고 한국사 교재를 펴 들었다.

일요일 아침, 엄마의 메시지 알림 소리가 나를 깨웠다. 휴일이지만, 늦잠 자지 말고 미션을 잘하라고 했다. 오늘은 늘어지게 자는 게 내 미션이야. 나도 모르게 답장이 삐딱하게 나갔다. 휴일만은 나도 휴식을 취할 자격이 있다는 말을 문자로 찍고 싶었지만, 마음뿐이었다. 엄마는 조급해하지 말고 끈기 있게 준비하면 시험에 합격할 거라고 했다. 엄마의 그 말에 나는 조급해졌고 심장이 졸아드는 느낌이었다.

잠을 자려고 했지만 정신은 더 맑아졌고 어제 봤던 우찌가 떠올랐다. 늘어지게 자는 것도 마음대로 되지 않았다. 대학 졸업한 지 두 해 만에 많은 구독자를 거느린 인기 유튜버라고! 나는 공연히 입을 삐죽거렸다. 일상을 그대로 담았을 뿐인데 구독자들이 열광하고 큰돈도 벌게 되었다고? 이미 성공 가도를 달리는 우찌가 눈빛을 빛내며 말하던 표정이 떠나지 않았다. 누구에게는 참 쉽고 누구에게는 또 어려운 법이다. 나는 졸업하고 바로 취업을 할 수 있을까? 긴 한숨이 나와 가오리연 꼬리처럼 꼬불꼬불 올라갔다. 나도 유튜버 되어볼까. 노력하면 우찌처럼 될 수 있을까.

내가 유튜버로 맹활약을 하면 엄마는 밤마다 식탁에 앉아 공책을 만지작거리는 대신 내가 만든 유튜브 영상을 보는 것으로 낙을 삼을지도 모른다. 눈시울을 붉히며 마르고 닳도록 영상을 재생하느라 날이 새는지도 모르겠지. 뭘 찍어야 하지? 일상을 찍어야지. 우찌가 강조하는 그 일상을. 어떤 식으로 찍어야 하는 걸까? 우찌에게 물어볼까? 한참을 망설이다 우찌 번호를 눌렀다.

"우찌 언니, 차 한잔 하면서 뭘 좀 의논할까 싶은데. 주짓수 마치고 시간이 될까?"

"미래야, 그거 급한 거야? 시위 현장에 촬영하러 가야 하거든. 어떡하나? 다음 주까지 도장에도 못 나가."

"그렇지. 유튜버는 바쁘겠지? 그럼 안 되겠네."

"전화로 얘기하면 안 돼?"

"그래도 돼?"

나는 계획에도 없는 얘기를 전화로 해야 했고, 덕분에 한참 버벅거렸는데 우찌는 잘 속아주었다. 일단 뭐든지 찍고 싶은 대로 찍어봐. 가족이나 가까운 사람들의 일상을 한번 찍어보는 거지. 처음에는 눈에 보이는 것부터. 마침내 내가 이해를 하고 마무리가 되었다. 전화기가 뜨뜻미지근해지고 있었다.

오후 네 시쯤 번개모임을 한다는 우찌의 초대장이 날아왔다. 뭐야, 바쁘다더니 번개모임 할 시간은 있네. 고개를 갸웃거리며 구시렁거렸다. 아님 말고! 초대장 맨 뒤에 붙은 사족이 더 구미를 당겼다. 우찌가 만나는 사람들은 어떤 사람들일까. 사회생활을 위해서는 우찌 친구들을 알아놓는 것도 나쁠 것 없지. 오케이, 이모티콘을 날렸다.

우찌 친구들 속에서 기죽기는 싫었다. 엄마 옷과 내 옷 중에 깨끗하게 보이는 옷 두 벌씩을 꺼내어 침대 위에 죽 펼쳤다. 그중 엄마의 베이지색 투피스가 제일 마음에 들었다. 모임에 갈 때는 여간 신경이 쓰이는 게 아니다. 출발도 하기 전에 심장이 콩닥거리고 다리가 후들거렸다. 오케이, 이모티콘 날린 게 살짝 후회되었다. 세련되게 보이고 싶어 화장을 하고, 머리에 컬을 넣었다. 엄마의 베이지색 투피스를 입은 다음 핸드백을 메고 구두를 신었다. 품위 있는 걸음을 애써 걸으며 지하철을 타고 약속 장소로 갔다. 식당인 줄 알았는데 호프집이었다. 빈 테이블에 앉아 기다렸다. 옆 테이블에 앉은 사람들이 날 힐긋거렸지만 휴대폰만 보는 척했다.

우찌는 약속 시간 10분 후에야 나타났다. 찢어진 청바지에 후줄근한 흰색 후드티. 청색 야구모자, 어깨에는 귀여운 캐릭터 배낭이 걸려 있었다. 우찌가 옆 테이블에 앉으며 나더러 가까이 오라고 했다. 모두 여섯 명이었다. 고개를 숙여 내 옷차림을 훑어보자 나도 모르게 얼굴이 붉어졌다. 내가 우찌의 언니뻘이 된 모양새였는데 그냥 있으면 더 어색할 것 같아 우찌를 보고 활짝 웃었다. "언니, 오늘 청순 코드네." 우찌가 내 어깨에 팔을 턱 걸치며 "내 친구야. 최근에 친해졌어."라고 말했다. "어, 친구였어? 난 또……." 하는 소리가 들리더니, "이벤트 회사 직원인 줄 알았네. 우찌 너 섭외하려고 온 줄 알았거든." 하는 얘기도 들렸다. 내 고개는 자꾸 아래로 처졌다.

테이블 위로 맥주, 치킨, 샐러드, 노가리가 날라져 왔다. 일행들이 쉴 새 없이 떠드는 통에 내가 낄 자리는 없었다. 드라마 얘기와 SNS, 남자친구들 얘기 일색이었다. 나한테 해당되는 얘기가 없어 나는 맥주만 홀짝홀짝 받아 마셨다. 노가리를 씹고 치킨을 뜯으며 얘기에 귀를 기울였지만 재미가 없었다. 술기운이 자꾸 오르고 있었다.

"미래야, 너 사귀는 남자친구 얘기해봐. 어떤 남자야?"

우찌가 상그레한 표정을 지으며 물었다.

"읎어. 언니가 무슨 상관?"

내 말꼬리가 한 옥타브 올라갔고 누군가 킥킥거렸다. 내 눈꺼풀은 스르르 내려갔다.

"미래야, 내가 널 일부러 불러낸 거야. 성격 좀 바꾸어보려고. 좀 재미있게 놀아봐."

"눈물 나게 고맙네."

나는 이 말을 끝으로 그만 테이블에 엎드렸다. 잠의 마차가 머릿속으로 사정없이 굴러들어 왔다. 주변의 소음과 얘기 소리들이 점차 잠잠해졌다.

눈을 뜨니 안방이었고 바깥은 푸른 어둠에 덮여 있었다. 벌떡 일어나 앉자, 옆에 누워 있던 엄마가 눈을 떴다. 엄마는 어젯밤 사찰에서 돌아와 경건한 마음이었는데 술 취한 나를 보고 힘들게 마음을 다스려야 했다며 한숨을 쉬었다. 여자 셋이서 날 부축해 데리고 왔다고 했다. 기억을 더듬었지만 집히는 게 없었다. 일어나 욕실로 가서 씻고 왔다.

"대체 뭘 그리 마시고 돌아다닌다니. 제정신이야?"

"갈 때는 제정신이었지. 사회성 키워준다고 우찌 언니가 날 불러낸 거라니깐."

엄마가 호랑이 눈으로 노려보았지만 더 이상의 꾸지람은 없었다. 문장을 쓰는 엄마여서, 나무라는 것도 격조가 있었다.

대학 2학년 때 오사카 부립대학으로 교환학생을 가게 된 것도 엄마의 권유 때문이었다. 엄마와 떨어져 사는 일은 상상도 하기 싫어서 못 간다고 버텼지만, 엄마는 눈물까지 갈쌍이며 독립심과 사회성을 들먹거렸다. 엄마를 이길 재간이 없었다. 오사카 대학의 같은 과 아이들도, 교수들도, 거리를 다니는 일본인들도 낯설고 생경해서 집으로 돌아가고만 싶었지만 엄마의 실망스런 표정을 떠올리며 내 감정을 억지로 꾹꾹 눌렀다.

일본인들은 뭐랄까. 조용하고 질서와 예의를 중시하면서도 일순 개방적인 분위기였다. 러시아, 프랑스에서 온 여학생 두 명과 같은 아파트에서 생활했는데 주말마다 파티를 열었다. 적응하기까지 한 달이 걸렸고 나중에야 셋이 같이 요리를 해서 와인이나 맥주 파티를 하는 일이 즐거워졌다.

세이유 마트에 가서 장을 봤다. 게살을 넣어 타마고야끼를 굽고 문어 스모노를 만들어 먹었다. 때로는 미역국이나 김치찌개를 요리했다. 각자 자기 나라의 고유 음식을 선보이기도 했지만 일본 요리도 재료가 신선해서 잘 해먹었다. 생일이 되면, 파티를 서로 열어주었는데 같은 과 학생들이 우르르 몰려와 축하를 해주었다. 러시아, 프랑스 친구는 덤덤하게 잘 넘어가는데, 나는 많은 아이들이 몰려오는 게 낯설고 부끄러웠다. 러시아 친구가 9월, 프랑스 친구가 11월이었고 내가 마지막 12월이었다. 내 생일이 다가오자, 가슴이 콩닥거리고 잠이 오지 않았다. 내 생일날, 나는 수업을 마치고 숙소로 가지 않았다. 거리를 걷다가 카페에 가서 차를 마시며 시간을 죽였다. 문을 닫을 때쯤 숙소로 갔고 선물들만 덩그러니 남아 있었다. 축하의 용도에 맞게 쓰이지 못하고 놓여 있는 모습이 불쌍해 보였다. 그 친구들에게 미안했고, 엄마에게 일순 죄책감이 들었다. 나는 어디엔가 짓눌린 듯 마음이 답답하고 쓰라렸다.

언제쯤 사람들이 많은 곳에서도 쑥스러워하지 않고 의연히 대처하면서 내 할 말을 자유롭게 할 수 있을까. 특히 많은 사람들에게 내가 주목받는 일은 생각만 해도 진땀이 나서 숨을 수밖에 없었다. 사회성 좋은 아이들처럼 쾌활하게 적응하고 싶지만 생각대로 되지 않았다.

성격은 고치기 쉽지 않다는 말에 나는 백 프로 공감하는 편이다. 나의 MBTI 성격유형은 내향형인 ISFP인데 처음 검사했던 중학교 때나 지금이나 변함없었다.

결국 학기를 채우지 못하고, 한국으로 돌아와버렸다. 엄마 앞에 죄인처럼 앉아 상황을 설명했다. 엄마는 고개를 외로 돌리고는 한참이나 침묵했다. "잘했어. 우리 딸 미래답네." 마침내 엄마가 나를 보며 간단명료한 문장으로 상황을 정리했다. 그 사이 엄마의 두 눈이 촉촉이 적셔져 있었다.

코로나19 방역 정책으로 주짓수 도장의 운영이 중단되었다. 어디가나 사회적 거리 두기, 라는 문구가 붙여져 있었고 수업도 원격으로 이루어졌다. 무슨 일이 생기지 않을까, 하는 불길한 생각이 수시로 들었지만, 외출을 삼가고 집에서 공부하는 수밖에 없었다.

집에서 엄마의 일상을 몰래 녹화했다. 엄마의 행동, 말을 스마트폰 카메라로 녹화했다. 주방에서 일하는 엄마, 외출하기 전에 화장을 하는 모습을 살짝살짝 찍었다. 엄마가 눈치를 채자, 셀카 찍는다고 둘러댔다. 영상물을 재생해보았는데 뭔가 심심하고 싱거웠다. "이딴 걸 왜? 에라이 넌 지겹지도 않냐? 꿈을 크게 가져라. 네가 욕실에서 샤워하는 걸 찍어 보여주면 좋겠냐?" 엄마의 푸념을 들으며 돌아오는 건 꿀밤 세례가 될지도 모른다.

진지하게 고민을 좀 해야 될 필요가 있었다. 짧은 머리를 홀쳐 올려 고무줄로 묶고, 약 상자에서 흰 붕대를 꺼내 이마에 여러 번 둘렀다.

진지한 표정으로 컴퓨터 앞에 앉아 수첩에 뭔가를 끼적거렸다. 엄마가 문을 열어보고는 고개를 끄덕끄덕했다. 열심히 공부하는 줄 알았던 모양이었다. 장장 두 시간을 고민한 끝에, 겨우 이벤트 하나가 튀어나왔다. 실전에는 오픈게임이 늘 필요한 법이니깐. 우찌에게 바로 전화를 걸어, 이벤트에 대해 얘기했고 도움을 요청했다. 우찌는 한참을 미적거리더니, "그러지 뭐." 하고 대답했다. 우찌가 영상을 녹화하는 일을 지켜볼 수 있는 기회를 얻은 것이다.

다음 날 오전 8시에 동네 약국 앞에서 우찌를 만났다. 우찌도 나도 하얀 마스크가 얼굴을 덮고 있었다. 우찌가 약국 앞에 카메라, 삼각대, 마이크를 설치했다. 약국 유리창에는 '8시 30분부터 마스크 판매합니다.'라는 글씨가 적힌 종이가 붙어 있었지만 사람들은 50미터도 넘게 줄지어 서 있었다. 우찌가 촬영하는 걸 나에게 보여주겠다고 했다. 우찌와 같이 다니는 게 쑥스러워 나는 마스크 위에 챙이 넓은 모자를 썼다.

우찌가 삼각대에 걸어놓은 카메라를 향해 선 채 마이크에 입을 대고 방송을 시작했다. 갈수록 줄은 길어지고 있었고 우찌는 코로나 상황으로 인해 우리 생활이 불편해지고 달라지고 있다는 내용의 멘트로 시작했다. 줄지어 선 사람들을 찾아 몇 사람과 인터뷰를 하는 모습이 보였다. 얼마 후 마스크 납품회사 차량이 왔고 남자가 박스를 들고 약국으로 들어갔다. 사람들의 얼굴에서는 안도의 표정이 역력했고, 웅성대기 시작했다. 약국의 직원이 입구로 나와서, 신분증과 현금 또는 카드를 준비하라고 했다. 드디어 사람들이 하나둘 약국 안으로 들어갔다. 그러나 10분도 안 되어 마스크는 동이 났고 뒤에 섰던 사람들은 구시렁거리며 발걸음을 돌렸다.

촬영이 끝난 우찌는 장비를 챙기고 커다란 배낭을 멨다. 우리는 근처에 있는 공원으로 걸어가 벤치에 앉았다.

"우찌 언니는 좋겠다. 인기도 많고 돈도 잘 벌고."

"너도 잘하는 게 있을 거야. 졸업하면 취업하게 될 거잖아."

"취업 공부가 너무 힘들어. 입시 공부와는 비교가 안 될 정도로. 고등학교 때 이렇게 열심히 했다면 서울대 갔을 텐데……."

내가 잔뜩 풀 죽은 목소리로 구시렁거렸다.

"그만큼 열심이야? 행운을 빌어. 너 보기보다 운동 잘하더라."

우찌가 한쪽 팔을 올려 내 어깨를 감싸 안았다.

"어릴 적에, 아버지와 토요일마다 뒷산에 올라갔어. 거기에 운동시설이 많이 있는데 물구나무서기 기구도 타고, 밧줄도 타고 올라갔어. 그 덕분일 거야. 아버지와 같이 물구나무서기를 했는데 세상은 거꾸로 보였지만 아버지는 똑바로 보였거든."

"그거야, 나란히 물구나무서니까 그런 거지."

"세상이 아무리 거꾸로 돌아가도, 아버지는 늘 내 옆에서 반듯하게 서 있을 줄 알았는데 아니었어. 날 두고 저세상으로 훌쩍 가버리고, 그때부터 난 자신감을 잃고 내 안으로 움츠러들었나 봐."

"너, 처음 만났을 때보다는 말도 잘하고 씩씩해졌어."

"우찌 언니랑 친하니까 그렇게 된 거지."

우찌가 눈을 가느스름하게 뜨고 웃자 나도 입술을 실그러뜨려 웃었다. 시계를 보더니 우찌가 자리에서 일어났고 나도 따라 일어났다.

저녁 시간에 엄마와 식탁에 마주 앉아 식사를 했다.

"미래야, 엄마 내일 약속 있어. 일을 쉬고 집에만 있었더니 몸이 근질거리네. 누구랑 차나 한잔 하려고."

그 순간, 내 눈에 불꽃이 켜졌다. 드디어 엄마를 녹화할 기회였고 뭔가 찬스를 잡은 느낌이었다.

"내일 오후? 친구 만나는 거야? 장소는?"

"넌 누군지 몰라. 스타찻집이라고 있어."

식사가 끝나고 방으로 들어와, 내일 입고 갈 옷과 선글라스, 모자 등을 챙겨놓았다. 스타찻집을 검색해보니 우리 도시에 세 개가 있었는데 가장 가까운 연수동 스타찻집에 가보기로 했다. 만약 엄마가 없으면? 그때는 할 수 없이 발길을 돌려야 했다.

다음 날, 엄마는 어느 때보다 외모에 공을 들이며 시간을 끌었다. 그러나 별 수 없이 얼굴에는 마스크를 써야 했다. 엄마가 현관으로 나갈 때, 내가 엄지를 치켜 올리며 정말 멋져 보인다고 해주었다. 엄마가 살짝 웃더니 문을 열고 나갔다. '나도 잘 할 수 있어.' 스스로에게 주문을 걸며 외출 준비를 했다. 마스크, 선글라스를 쓰고 챙 넓은 모자를 눌러쓴 채 옷장 깊숙이 넣어둔, 5년도 지난 점퍼를 꺼내 입었다. 담대한 용기를 달라고 눈을 감고 신께 기도를 했다. 엄마가 나간 후 시간을 좀 끌다 집을 나왔다.

두근거리는 심장을 애써 누르며 스타찻집에 들어갔다. 엄마는 제일 안쪽 창가에 어떤 남자와 마주 앉아 있었다. 나는 휴, 안도의 한숨을 내쉬었다. 남자는 머리가 희끗하고 퉁퉁한 살집에 60세는 지나 보였다. 다행히 엄마는 등을 돌린 채여서 녹화하기는 안성맞춤이었다. 뒤 테이블에 앉아 폰의 비디오 기능을 작동시켰다. 자연스럽게 찍기 위해, 카페를 전체적으로 담으면서 엄마 모습을 중간중간에 담았다.

"사장님, 저 이번에 꼭 복직시켜주세요. 제가 우리 집 가장이거든요. 이거……."

엄마가 가방에서 하얀 봉투를 꺼내 남자 앞으로 밀었다.

"아니, 뭘 이런 걸 다……."

남자는 지체 없이 봉투를 호주머니 안으로 넣었다.

"지난번에 해고하고 나도 마음이 좀 그렇더라구요. 병원 청소 일이 쉽지 않을 텐데……. 살기 힘드시다는 것도 알고 있구요."

남자의 손이 엄마의 손 위로 슬그머니 올라갔다. 엄마가 남자를 빤히 바라보았고, 이번에는 남자가 팔을 올려 엄마의 어깨에 얹었다.

"그럼 그렇게 알고. 마음의 준비를 단단히 하시고…… 월요일부터 혜성병원으로 출근하면 됩니다."

"네, 사장님. 감사합니다. 열심히 할게요."

남자가 일어나 카페를 나갔다. 그 후에도 엄마는 한참을 앉아 있었다. 나는 넋이 나간 듯 한참 엄마를 주시했다. 내 손에서 멋대로 돌아가고 있는 휴대폰 카메라를 황급히 껐다. 엄마가 손수건을 꺼내 눈가를 훔쳤다. 엄마의 어깨가 사시나무 떨듯 흔들렸다. 나는 몸을 돌려 창밖을 향해 앉았다. 엄마가 병원에서 청소 일도 했다는 거야? 등에서 땀한줄기가 조르르 흘러내렸다. 쉰다고 했는데, 해고를 당했다고? 한 달전인가, 두 달 전인가. 집에 돌아온 엄마는 근육통이 심하다며 파스를 어깨와 등, 무릎 등에 붙였다. 엄마에게서는 늘 파스 냄새가 났다. 집 안일과 직장 일을 병행하면 그럴 수 있을 거라고 나는 웃어넘겼다.

엄마가 눈물 흘리는 걸 본 기억은 쉽게 떠오르지 않았다. 엄마는 늘 꼿꼿하고 당당했다. 그 엄마가 느물거리는 표정을 한 남자를 만나고 나서 울고 있었다. 내가 찍은 건 엄마의 일상이 아니라, 감추고 싶은 치부였다. 나의 첫 촬영은 처참한 실패였다. "아무것도 아닌 일상에 열광하더라니깐." 눈빛을 빛내며 말하던 우찌가 떠올랐다. 누구에게는 그 일상이 드러내기 싫은 비밀과 불안의 실마리가 된다. 나는 맥없이 고개를 가로저으며 일어서서 엄마보다 먼저 카페를 나왔다. 심란한 마음이 쉬 가라앉지 않아 시내를 걸으며 배회했다. 누구보다 가깝고 잘 안다고 생각했던 엄마에게 나는 한심한 철부지 딸이었다. 걷다 보니 공원이었고 예전에 우찌와 함께 앉았던 벤치에 나는 풀썩 주저앉았다. 한 번도 경제적 문제로 힘들어하는 모습을 보이지 않은 엄마였는데 나 몰래 노심초사하며 불면의 밤을 보내지 않았을까. 서쪽 하늘에 연분홍 노을이 번지고 있었다. 등이 선득거렸다.

집에 돌아오자 엄마는 주방에서 저녁 준비를 하고 있었다. 나를 본 엄마가 밝게 웃었다.

"미래야, 다음 주부터 출근할 거야. 네가 좋아하는 갈비찜 만들고 있어."

엄마의 표정에 기쁨의 무늬가 여울지고 있었다. 나도 모르게 엄마를 살짝 포옹했다. 눈물 한 줄기가 주르르 흘러 입술 안으로 들어왔고 그 맛은 밍밍하면서 짭조름했다. 밤마다 문장을 적는 엄마를 보며, 어릴 적에는 엄마가 작가라도 될지 모른다고 생각했었다. 식탁에서 우아한 문장을 적으며 시간을 보내던 엄마였는데, 어떻게 힘든 일들을 감당했을까. 어쩌면 하루의 억눌린 피로를 풀기 위해 날마다 공책에 문장을 적은 것인지도 모른다.

밤이 깊었을 때, 나는 안방 문을 살며시 열어보았다. 어둑한 빛 너머로 잠든 엄마의 표정이 지쳐 보였다. 화장대 서랍 안에서 제일 위에 놓인 레몬빛 노트를 꺼내 살며시 내 방으로 가져왔다. 콩닥거리는 심장으로 열어보았다. 그것은 가계부를 겸한 일기장이었다. 수입과 지출, 나에게 나간 돈이 촘촘히 기록되어 있었다. '미래의 대학 학자금 대출을 받았다. 언젠가 갚을 수 있겠지.'라고 적힌 글 옆에는 구름이 여러 개 그려져 있었다. 다른 쪽에는, '과학탐구대회 우수상'과 함께 '우리 미래의 밝은 미래를 보는 것 같아 마음이 즐겁다. 일이 힘들지만, 미래를 위해서는 뭐든지 해야 한다. 미래의 아빠도 그걸 원하겠지.'라고 적혀 있고 태양이 그려져 있었다. '이런 글을 쓰는 동안, 난 용기를 얻는다. 실패할 때는 또다시 도전할 기회를 얻는 것이다. 우울할 때도 있는 거지.'라는 글 옆에는 우산 그림이 보였다. 그것은 마치 엄마 마음의 날씨처럼 보였고 마음의 기압골이 담겨져 있는 것처럼 보였다. 말하자면 엄마의 일상은 바로 그 노트에 차곡차곡 쟁여져 있었다.

이제 내 책상 위에도 파란색 노트가 놓여 있다. 여기에 매일의 내 생활과 감정을 기록하기로 마음먹었다. 내 지루한 일상은 물론, 엄마가 말하지 못한 불안도 담아볼 것이다. 언젠가 취업 시험에 합격하는 날, 엄마에게 얘기할 것이다. 일상을 기록한 문장들이 미래를 살아가게 하는 힘이 되었다고.

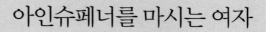

아인슈페너를 마시는 여자

아인슈페너를 마시는 여자

2층 양옥주택을 개조한 카페는 온통 하얀색 톤이다. 입구에 세워진 이젤에는 흰색 분필로 메뉴가 적힌 초록 칠판이 놓여 있다. 얼었던 마음을 녹이는 시나몬치노, 화를 식히는 아사이베리 요거트, 슬픔을 가라앉히는 아인슈페너, 정신을 맑게 하는 아메리카노, 불안을 안정시키는 블루베리 루이보스.

유는 카운터에서 아메리카노를 주문하고 빈 테이블에 앉는다. 주문을 받고 차를 만드는 곳은 주방이 있던 자리였고, 홀은 거실, 두 개의 룸은 안방과 건넌방이었으리라. 크고 작은 식물 화분들이 테이블 사이사이에 놓여 있고 벽에 걸린 액자그림도 숲의 풍경이나 나뭇잎 문양이다. 의자에 있는 쿠션은 초록색이고 테이블보도 화사한 장미꽃 무늬로 수놓아져 있다. 보태니컬풍의 분위기여서 눈이 시원하고 마음에 윤기가 스며드는 것 같다.

아인슈페너 나왔어요, 라고 하는 목소리가 카운터 쪽에서 들린다.

얼굴이 창백하고 베이지색 바바리를 입은 여자가 차를 받아 오다 유를 보고 알은체를 하며 웃는다. 유보다 열 살 정도 어려 보이는 여자다. 여자에 대한 기시감이 일어나지 않는 유의 표정이 비현실적으로 일그러진다. 안타까움이 살짝 깔린 여자의 표정이 서서히 굳어지고 맥없이 고개를 돌리며 자리로 돌아간다. 한참 후에 다시 여자가 돌아보고 유도 여자를 일별한다. 짧은 눈 맞춤이 허공을 가르며 빛난다.

유는 아메리카노를 음미하며 창 너머 학교 건물에 시선을 꽂는다. 주차장이 운동장 구석에 있고, 농구 골대와 등나무 벤치가 보인다. 학생 때, 방과 후에 농구를 하다 해가 뉘엿거리면 가방을 둘러메고 집으로 가던 장면이 희뿌옇게 보인다. 학교 담벼락의 직선이 운동장을 이리저리 가로지른다. 지난날을 잊고 싶을 때도 있다. 기억 영상들이 머릿속에 저장되어 파노라마처럼 돌아가다가, 불쑥 괴로움이나 분노에 사로잡힌다면 차라리 정지 버튼을 누르고 싶을 것이다. 기억을 사라지게 함으로써 안온한 삶을 누리게 되는 역설이다.

유가 커피를 다 마시고 자리에서 일어났을 때, 여자는 보이지 않는다. 유는 카페를 나와 은행나무 길로 나온다. 노란 색감에 아스라한 멀미가 일어나고 묘한 상실감이 그 위에 덧칠된다. 두툼한 은행잎으로 깔린 도로를 걷는 사람들의 발소리가 자박자박 들리다 멀어진다. 젊은 연인들이 노란빛으로 물결지고 흔들린다. 공기 속 미세먼지가 빠르게 노란빛 속으로 흡수된다. 유의 발걸음에 점점 속도감이 붙는다.

유는 교차로 신호등 앞에서 발걸음을 멈춘다. 교차로에 서면 인생의 갈림길에 선 듯한 생각이 든다. 발걸음의 방향은 운명의 코드이다.

전단지를 나누는 사람들이 줄지어 있다. 유는 차례대로 한 장씩 받는다. 잃어버린 10년 전의 기억을 찾는 광고, 사라진 물건을 찾는 광고, 고통스런 기억을 지워달라는 광고, 자신의 청춘을 찾아달라는 광고 등, 다양하다. 전단지 아래쪽에 연락처가 적혀 있다. 잊고 싶은 이들과 기억하고 싶은 이들이 어울려 교차로를 지나고 밥을 먹거나 술을 마신다.

유가 전단지를 보는 동안, 신호등은 녹색으로 바뀐다. 태엽이 풀린 인형들처럼 사람들이 동시에 도로를 건넌다. 불빛과 소음이 가라앉은 은행나무 길에 플리마켓이 열리고 있다. 에코백, 찻잔, 찻잔 받침, 야광 팔찌, 목걸이, 지갑, 모자, 머플러 등을 팔고 네일아트 하는 곳, 타로 점을 보는 곳도 있다. 무료로 타로 점을 봐준다고 자리에 앉을 것을 권하지만 유는 테이블 위의 카드만 일별하고는 지나친다. 몇 장의 그림카드가 운명을 예견한다는 논리가 현실적으로 와닿지 않는다.

유가 집으로 들어섰을 때, 향긋한 과일향이 은은하게 풍겨왔다. 아내가 식탁에서 향초를 만들고 있다. 아내가 들어서는 유를 보고 상그레 웃는다. 아내는 지인의 공방에서 향초 제작을 도와주고, 가끔 집에서도 작업을 한다. 핫플레이트 위에 있는 냄비에는 밀랍이 녹아 절반은 노란 액체로 변해 있다. 이미 만든 열 개의 향초에는 '스윗 오렌지 캔들' 라벨이 붙어 있다.

"오늘은 스윗 오렌지 향 주문이 많아. 내일까지 보내야 돼."

아내가 스윗 오렌지 오일을 다 녹은 밀랍에 떨어뜨리며 얘기한다.

"음, 향이 산뜻한 게 기분이 좋아지는데. 당신도 그렇지?"

유는 향을 흠씬 들이마시며 얘기한다.

"이제 별 차이를 모르겠어. 냄새에 무뎌지나 봐. 그게 그거야."

"이상한 소리는 여전히 들리는 거지?"

"저녁에는 좀 괜찮아. 아침에 유난스럽지. 병원에는 가봐야 할 것 같아."

"그래야지. 예약해둘게."

아내는 요즘 들어 환청이 들린다고 하여 병원 진료를 받을 예정이다. 유는 거실에 앉아 TV를 켠다. 사람들의 소리와 기계의 음향이 고요한 거실의 공기를 깨뜨린다. 주방으로 가서 캔 맥주를 꺼내 과일, 땅콩과 함께 들고 온다. TV 화면을 주시하며 야구 경기를 지켜보는 유가 소리를 지르며 주먹을 쥔다. 화면은 관람석에 멎어 있다. 치킨을 먹는 남자들, 포옹하는 연인이 급작스럽게 화면으로 끌려온다. 외국인 부부가 붉은 비닐봉지를 머리에 쓰고 고개를 까닥거린다. 그 옆에는 한국인 여자가 앉아 있다. 유는 그 여자가 낯설지 않다. 눈을 크게 뜨고 화면 가까이 가는 사이 화면은 경기장으로 이동해버린다. 카페에서 본 여자? 가물가물한 기억으로 유는 고개를 갸웃거리며 맥주를 마신다. 좋은 인연이 사라짐으로써 견뎌야 하는 애석함이 큰 것일까. 급작스러운 만남에 맞닥뜨리는 당황스러움이 큰 것인가. 유의 머릿속은 수학 방정식마냥 복잡한 셈법으로 죄어든다. 유가 응원하는 팀의 패배로 경기가 끝나고 TV는 뉴스로 넘어간다. 유는 캔 맥주와 과일 접시를 비운 다음, 주방 개수대에서 그릇을 정성스레 씻는다. 아내는 다 굳은 향초의 용기에 라벨을 붙이고 포장박스에 하나씩 담고 있다.

다음 날, 유는 퇴근 후 카페 거리를 걷는다. 골목 안으로 들어가자 흑백사진관이 보인다. 앞에는 '찰나의 순간을 사진으로 보존하세요.'라는 문구가 적혀 있다. 자연과 사물에 부여된 고유의 색상이 인간의 눈을 피로하게 할지도 모른다. 탈색되고 바래지거나 무색의 현상에 더 열광하는 심리는 뭘까. 자신의 삶을 선명한 천연색보다는 희끔한 수묵화로 채색하고 싶은 것은 반투명한 존재로 남고 싶은 욕구 때문일 것이다. 유 역시 반투명 존재가 되어 남의 시선에서 비켜난 곳에서 자유를 누리고 싶다는 생각이 불현듯 든다. 그 옆을 지날 때였다. '기억 복원실'이라고 적힌 간판 아래에 '당신의 뇌에서 잠자는 기억을 복원해드립니다.'라는 문구가 보인다. 유는 망설이다 그곳에 들어간다. 30대 중반의 안경 쓴 여자가 서 있고 하얀색 유니폼 상의에는 '한정교 실장'이라는 명찰이 걸려 있다.

"모르는 여자인데, 나에게 아는 체를 한다면 내 기억 체계에 무슨 이상이 있는 건가요?"

"그 여자가 마음에 들던가요?"

"그보다는 구김살 없이 밝은 표정이더라고요."

"어딘가 끌리는 데가 있었던 거군요. 안면인식장애가 아니라면 시간이 오래되어 단순히 기억력이 감퇴하여 그런 경우도 있구요. 기억 복원 실습을 해보실래요? 백 프로 보장은 안 돼요."

"어느 정도는 된다는 거군요."

유는 망설이다 고개를 끄덕인다.

"그럼, 이쪽으로 들어오세요."

암막 커튼 안으로 들어가자, 의자가 놓여 있고 정면에는 하얀 스크린이 보인다. 조용한 명상음악이 흐르고 옆에 투구 모양의 흰 캡이 걸려 있다. 실장이 노란색 알약 하나와 물을 유에게 내민다.

"정신을 맑게 하고 차분히 가라앉히는 약이에요. 체험을 하고 나면 저 화면에 여러 가지 색의 빛 무늬가 보일 거예요. 감광지에 물상이 인화되듯이 머릿속 기억 조각이 인화되어 나타난다고 생각하시면 돼요. 자, 약을 먹고 캡을 쓴 다음 기다리세요."

유가 약을 먹고 흰 캡을 착용한다. 캡에 여러 개의 칩이 달려 있어 머리 여러 곳을 찌르듯 달라붙는다. 실장은 캡을 이리저리 움직여 바르게 장착되었는지를 확인하고 밖으로 나간다. 누군가의 보살핌을 받을 때, 유는 편안한 기분을 느낀다. 마음이 편안해지자, 약간 졸음이 밀려온다. 얼마 후 삐, 하는 소리가 들리고 실장이 커튼을 젖히고 들어온다.

"저 화면을 주시하며 지난 과거를 회상하는 겁니다. 슬픔이나 분노를 가졌던 경험이 없었는지 돌이켜보세요. 유년기부터 청소년기, 청년기, 차례대로 회상하다 얘기하고 싶으면 저를 불러서 해도 좋아요. 중단하고 싶을 때는 옆에 있는 버튼을 누르세요. 질문 있나요?"

유가 알겠다고 하자 한 실장이 밖으로 나간다. 유는 10대부터 하나씩 어둠의 우물 속에서 기억들을 길어 올린다. 유년기 시절은 오랜 시간이 지나서인지 짧았다. 초등학교를 지나 중학교 시절이 떠오른다. 도서관과 중학교를 드나들던 자신의 모습이 어렴풋이 보인다. 중학교 다닐 무렵, 유는 시험 기간이면 토요일 수업을 마치고 도서관에서 공부했다. 친구랑 도서관 열람실에 책가방을 올려놓아 자리를 잡아놓고 구내식당에서 라면을 사 먹고 자판기 커피를 마셨다. 도서관에서 늘 마주치는 여학생이 있었다. 휴식 시간에 등나무 벤치에 앉아 있으면 그 여학생도 맞은편에 앉아 커피를 마시며 책을 읽거나 사색에 잠겨 있었다. 여학생의 손에는 헤르만 헤세의 소설이나, 아폴리네르의 시집이 보일 때가 많았다. 유는 용기를 내어, 가까이 다가가 집이 근처인가 보지요, 지금 시간 있어요? 라고 물었다. 여학생은 시간을 물어보는 줄 알고 시계를 보더니, 네 시 이십 분이라고 얘기했다. 유는 여학생의 옆에 앉았다. 다음 토요일 우리 학교에서 문학의 밤 행사가 열리는데 올래요? 여학생은 뜨악한 얼굴로 바라보더니, 고개를 끄덕였다. 유는 시간과 장소를 적은 메모지를 건넸다. 꼭 와야 되거든요. 유는 그 말을 하고 자리에서 일어났다. 하얀 얼굴에 세일러 교복을 입은 그녀 모습이 자주 떠올랐고 그때부터 그 여학생을 '나의 베아트리체'라고 부르기로 했다. 토요일이 되어 유는 오후 세 시부터 학교 도서관 앞에서 기다렸지만 '나의 베아트리체'는 끝내 나타나지 않았다.

검은색 교복을 입고 운동장에서 엉거주춤 선 채 조회를 하고, 친구들과 장난을 치며 싸웠던 기억들, 동보극장으로 영화를 보러 다니고, 성지곡 회관에 현장학습을 갔던 기억, 고등학교, 대학교…… 그리고 사회생활, 더 기억이 떠오르지 않는다. 대학을 졸업하고 직장을 다니던 해에서 기억이 멈춘다. 기억이 가물거리더니 갑자기 감정이 격한 파동 속에 파묻혀 숨을 헐떡이고 얼굴에는 진땀이 흘러내린다. 유는 버튼을 누른다. 정면에 보이는 스크린에 붉은색 빛 조각들과 노란색 빛 조각들이 엉켜 빙빙 돌고 있다. 한 실장이 들어온다.

"저게 기억의 조각인가요?"

"네, 방금 떠올린 기억 입자들입니다. 회상할 때 분노가 들어가 있으면 붉은색이, 슬픔을 느끼면 노란색 빛 입자가 비친답니다. 기억이 명쾌하게 느껴지면 파란색 입자가 보이는데, 아직 그렇지 못하네요. 뭔가 기억하지 못한 게 있어 불만족스럽나요?"

"뭔가 기억날 듯하다 숨어버리는 것 같아서…… 내가 내 감정을 조절하지 못하겠어요. 생각보다 에너지가 많이 소비되는군요."

"혹시 슬픔이나 분노를 느꼈나요?"

"아버지가 돌아가시던 때 큰 슬픔을 느꼈어요. 대학을 졸업하고 사회생활을 하면서 분노나 수치심이 치솟는데…… 이유가 잘 생각 안 나요. 슬픔이나 분노라는 게 일상에서도 늘 일어나는데 그걸 다 기억해야 하나요?"

유는 긴 숨을 내뱉으며 눈을 꾹 감고 있다가 다시 뜬다.

"슬픔이나 분노가 심할 때는 기억이 사라지기 때문이지요. 스스로 그 기억을 억압할 수도 있거든요. 저절로 사라지기도 하지만. 내일은 명쾌한 회상이 일어날 수도 있어요."

"다음에 다시 해야겠어요. 오늘은 그만……."

유는 기억복원실을 나와 골목을 걸어간다. 그 여자를 다시 만나고 싶은 마음이 안개처럼 스멀거린다. 자신도 몰랐던 사연이 있다면 궁금해지기 마련이다. 그 여자와의 재회가 밋밋한 일상의 돌파구가 될지도 모르는 것 아닌가. 골목 위쪽으로 공구상가들이 보인다. 엠에스

테크, 시케이통상, 원진전자음향, 광성계측기, 지엠통신, 전통사, 한음미디어, 제일시스템…… 오래전부터 터를 잡은 공구상가들이 새로 생긴 카페, 음식점들과 묘한 조화를 이루고 있다. 이 주변에 사람들이 모여드는 건 무엇 때문일까. 오래된 것과 새것의 공존에서 사람들은 자신에게 없는 어떤 결핍을 채우고 싶은 건지도 모른다.

거리의 불빛을 따라 유는 차도로 나온다. 자동차와 사람들이 신호를 보지 않고 걷거나 달린다. 건물에서 사람들이 허물처럼 쏟아지고, 제각각 식당이나 카페, 술집으로 들어간다. 유는 어느덧 공원으로 들어선다. 전봇대보다 높은 메타세쿼이아 나무들이 3미터 간격으로 양쪽으로 서 있다. 그 사이를 걷는 유에게 메타세쿼이아의 정령이 은은하게 감돈다. 밤의 불빛이 끊임없이 하트 모양, 마차 모양으로 명멸하고 도로를 붉게 물들인다. 숲을 건너온 청량한 공기가 불빛 속으로 떠다닌다. 유는 사진을 찍는 연인들을 스쳐 간다. 카메라의 은빛 플래시가 연인을 순간으로 점멸시키고 묶어버린다. 유는 공원을 빠져나온다. 유의 뒤에서 자전거 소리가 들린다. 유와 자전거가 간발의 차이로 비켜나며 자전거가 앞서간다. 도로가 암흑의 색으로 변하고 미세먼지가 허공에 퍼져간다. 사람들의 인적이 갈수록 뜸해지고 유는 발걸음을 서두른다. 유와 집과의 거리가 점점 줄어든다.

유는 병원의 1층 구내식당에서 식사를 하고 7층 사무실로 간다. 유는 종합병원의 홍보기획부에서 일한다. 매주 나가는 의료신문을 제작하여 병원에 비치하고, 환자의 가족에게 발송한다. 이번 호에는 우즈

베키스탄의 소년이 무료수술을 받는다는 기사와 치매 예방법을 실었다. 특집기사는 '추억의 자료관'이다. 병원의 중간층인 7층 한구석에 자료관을 조성한 것은 3개월 전이었다. 어르신들과 환자들에게 옛 물건들에 대한 향수를 불러일으키고 정서적 안정감을 주기 위한 병원의 배려였다. 추억을 되살리며 치매 환자의 인지 치료도 겸할 수 있다는 의도였다. 3개월 동안 전시할 물건들이 속속 도착하여 지난주에 개관식을 했다. 옛날의 민속품들, 의식주 용품들, 옛날에 쓰던 타자기, 풍금이 놓여 있다. 70년, 80년대의 부산의 학교, 관공서, 도로, 건물들을 담은 흑백사진들도 있었다. 유는 테이프 커팅 사진과 자료관 내부 사진 두 장과 함께 기사를 썼다. 옛날에 쓰던 사물들이 현대인들의 심리 치유에 일조한다면, 요즘 물건들은 언젠가 다음 세대의 박물관에 들어갈지도 모른다.

유가 자료관을 방문한다. 링거 거치대를 끌고 온 환자들, 머리를 붕대로 싸맨 환자들, 환자복만 입은 환자들이 여기저기 서서 민속품들을 둘러보고 있다. 유는 머릿속에서 뭔가 아슴아슴 일어나다 숙지근해지는 것을 느낀다. 어떤 영상이 지워지지 않고 따라다닌다. 머릿속으로 다음 호의 기획기사를 구상한다. 치매, 망각, 노령, 황혼, 죽음, 웰다잉, 메멘토 모리, 묘, 묘비, 묘비명…… 유의 머리에 단어들이 밀물처럼 들어차 마그네틱테이프처럼 달라붙는다.

아내를 찾아본다. 저만치 생각에 잠긴, 창백한 표정의 아내가 보인다. 자료관의 사물에 눈길을 보내지만, 그 너머를 보는 것 같은 아내의 표정은 나뭇잎이 다 떨어진 나목 같다. 아내는 신경과 상담을 위해 병원에 온 것이다. 유가 다가가자 아내가 유를 흘깃 보며 희미한 웃음을 짓는다. 점심은 먹었어? 늦은 아침 먹었어. 아내의 얼굴은 현기증을 일으킬 만큼 하얗다. 설화석고를 바른 얼굴이 저토록 하얄까. 예약은 내가 해놨어. 당신 기분은 어때? 아내는 말없이 고개를 가로젓는다.

유는 아내와 2층으로 내려가 신경과로 간다. 마음을 편히 가져야 빨리 낫지 않겠어? 유를 바라보는 아내의 눈이 물고기 지느러미처럼 하늘거린다. 간호사의 호명에 아내와 함께 진료실로 들어간다. 60대 백의진 전문의가 앉아 있다. 유는 인사를 한다.

"어떤 게 불편한가요?"

"아내에게 환청이 들립니다. 잠도 많이 자는 편이구요. 처음엔 이비인후과에 갔는데, 청각 기능은 이상이 없더라구요"

"그래요? 최미승 씨, 어떤 소리가 주로 들리죠. 윙윙거리나요?"

"노랫소리가 들리기도 하고, 악기 소리도 들리고……. 한 가지로 말할 수 없어요."

"지금도 노래가 들리나요? 내 목소리보다 크게 들리나요?"

"아침에 제일 크게 들려요. 지금은 거의 안 들려요. 집 밖으로 나오면 그래요. 선생님 얘기는 잘 들려요."

"어떤 노래가 들리지요?"

"옆집에서 치는 피아노 소리가 계속 들리기도 하고, 결혼 전에 들었던 엄마의 노래도 자주 들려요. 엄마가 노래를 잘해서 자주 불렀거든요. 어릴 때 들었던 동요도…… 그 소리가 들리면 저도 모르게 귀를 기울이게 돼요."

"언제부터 이런 증상이 있었지요?"

의사는 나와 아내를 번갈아 보며 묻는다.

"여름부터였어요. 아내와 같이 여행을 다녀온 이후에 조금씩 그런 증상이……."

아내와 보현산에 간 적이 있었다. 보현산 아랫마을에서 하룻밤을 보내고, 다음 날 천문과학관을 출발하여 산행을 하다 하얀 수피의 자작나무 숲을 보았다. 자작나무 숲은 마치 먼 나라에 온 듯 이질감과 환상을 안겨주었다. 아내의 표정도 꿈을 꾸듯, 몽환적으로 보였다. 집으로 가기 위해 차를 타고 청도를 지날 무렵이었다. 나무를 뒤덮은 하얀 쌀밥 무더기 같은 꽃을 보고 아내는 현기증이 난다고 했다. 이팝나무였다. 그때부터 흰 꽃만 보면 얼굴이 새하얗게 창백해지는 증세를 일으켰다. 아내에게서 아련한 꽃향기가 맡아졌고, 귀에서 노랫소리가 들린다고 했다.

"엄마의 노래, 라는 얘기로 봐서는 지나간 기억과도 관련이 있을 거예요. 몇 가지 검사, MMPI(정서, 인성검사)와 SCT(성격, 대인관계검사)를 할 건데, 시간이 좀 걸릴 겁니다."

의사가 내민 검사지에 아내가 펜으로 작성하는 것을 보고 유는 사무실로 올라간다.

유는 퇴근 후에 기억복원실을 찾아간다. 한 실장이 암실로 안내한다. 유는 노란색 알약을 물과 함께 삼키고 캡을 장착한다.

"같은 여자가 자꾸 나타나요. 운명 같은 걸까요?"

"우리 삶은 우연의 연속일 때가 많으니까요. 인연이 되는 사람은 언젠가 만나기도 합니다. 그러다가 잊을 뻔했던 운명 같은 걸 다시 발견하기도 하지요."

"어제는 먹구름이 자꾸 눈앞을 가리는 느낌이었어요."

"며칠 지났기 때문에 달라질 수도 있어요. 명쾌한 결과가 나오기를 기대해보죠."

유는 대학 시절부터 회상한다. 어제보다 더 많은 기억이, 바위 속에 숨어 있던 참게들이 기어 나오듯 슬몃 떠오른다. 대학 졸업 후 멈추었던 기억이 조금씩 되살아난다. 대학 때 캠퍼스에서 만났던 후배가 보였다. 유는 회사에 다니고 있었고 그 여자는 대학 졸업을 앞두고 있었다.

유가 여자를 만난 지, 1년째 될 무렵이었다. 직장 생활을 했던 유가 주로 데이트 비용을 댔지만, 여자도 가끔 차와 밥을 샀다. 유는 약속을 했다가도 깨는 일이 많았다. 여자가 커피숍에 도착하고 나서야, 회사 일이 바빠 나갈 수 없다는 전화를 하기도 하고, 주말여행을 예약하고 여자가 짐을 다 꾸려놓았을 때 유는 몸이 안 좋아서 떠나지 못하겠다는 전화를 했다. 여자는 화를 내면서 약속을 신중하게 하라는 말을 하고, 지키지 못할 때는 하루 전에 연락해야 하지 않냐고 따졌다. 유는 여자의 말에도 아랑곳하지 않고 여전히 바람을 맞히는 걸 습관적으로 했다. 어느 날, 여자가 데이트 약속 장소에 나타나지 않았다. 유는 전화해서 여자가 어디 있는지를 물었다. 여자는 대학 도서관에서 공부 중이라고 했다. 유는 대학 도서관을 찾아가 여자를 만났다. 여자가 가방을 챙기도록 종용하고, 여자가 안 된다고 거부하자 현관에서 기다렸다. 한 시간이 지나, 여자가 도서관 현관으로 나오자 유는 여자의 뺨을 세 차례 때렸다. 여자는 근처의 벤치에 앉아 흐느껴 울면서 헤어지겠다고 했다. 유는 여자를 왈칵 끌어안고 눈물을 닦아주었다. 그러고는 절대 헤어질 수 없을 거라고 귓속말로 말했다. 여자는 부르르 몸을 떨었다.

여자가 취업을 하고 데이트를 할 때는 여자가 주로 데이트 비용을 대었다. 유는 회사 자금 사정이 나빠, 급여가 삭감되었다고 말했다. 여자의 머리 모양이나 옷차림이 마음에 들지 않으면, 사람들이 보는 데서 서슴지 않고 망신을 주었고 그때마다 여자는 눈물을 보였다. 데이트가 없는 날이면, 한 시간 간격으로 카톡을 보내 뭘 하며 시간을 보내는지 물었고, 누군가를 만난다고 하면 즉시 달려와 주변을 배회하며 마칠 때까지 기다려 만난 사람이 누구인지를 확인을 해야 했다.

비 오는 날이었다. 여자가 근처에서 볼일을 보고 비를 맞으며 유의 집으로 왔다. 베이지색 바바리 차림이었다. 유는 중요한 일이 있다면서 정색을 하고 돌아가라고 했다. 차 한 잔만 하고 가겠다는 걸, 기어이 몸을 돌려세우며 돌아가라고 소리치며 등짝을 쳤다. 유가 우산을 찾으려고 하는 사이, 여자는 그대로 빗길 속으로 뛰어갔다. 유는 언제든 자신이 원할 때에 성관계를 갖기를 원했다. 두어 번 정도의 반강제적인 성관계를 가진 후, 여자는 헤어지겠다는 말을 자주 내뱉었다.

그 여자 얼굴을 떠올려보려고 애써 집중한다. 그 여자의 얼굴이 점점 선명해지고 가까이 다가오더니 얼마 전, 카페에서 봤던 낯선 여자의 얼굴과 겹친다. 화들짝 놀란 유의 얼굴이 창백해지고 꼿꼿이 굳어 버린다. 고개를 좌우로 설레설레 흔들고 몸을 움츠린다. 목에서 뜨거운 덩어리가 불쑥 치솟아 머리까지 뻗친다. 더 회상하기가 힘들다. 유가 버튼을 누르자 잠시 후 실장이 들어온다. 화면에 붉은색 빛 덩어리가 줄어들고, 파란색 빛 조각이 늘어나 있다.

"명쾌한 회상이 되었나요?"

"낯선 여자가 예전에 사귄 여자더군요."

"그 사람으로 인해 슬픔이나 고통이 컸나요?"

"별로 좋은 기억은 아니었어요."

"머릿속에 남겨놓고 싶지 않아 지워버렸을 수도 있어요. 인간은 좋은 기억만 기억하려는 습성이 있잖아요. 이 작업이 고통만 안겨준다면 중단해도 됩니다."

"좀 생각을…… 그럼……."

유의 머릿속은 헝클어진 서랍처럼 뒤죽박죽이다. 집으로 가서 음악을 들으며 휴식을 하고 싶다. 차라리 머릿속에 든 모든 것을 통째로 비우고 내던지고 싶다. 기억복원실을 나와 택시를 타고 집으로 간다.

집에 들어섰을 때 아내가 잠들어 있는 걸 유는 원하지 않는다. 거실의 전등은 꺼졌지만, 다른 조명이 흐리게 흘러나와 은은히 밝히고 있다. 집 안은 아로마 향이 떠돌고 있다. 유는 식탁으로 가까이 간다. 아내는 뚫어져라 향초의 불꽃에 시선을 꽂은 채 한 치의 일렁임도 없이 앉아 있다. 열 개 정도의 향초가 각각의 향기를 발하며 촛불을 밝히고 있다. 아로마 오일이 든 병들이 보인다. 마조람, 유칼립투스, 로즈메리, 라벤더, 그레이프룻……. 유는 참지 못하겠다는 듯 연거푸 재채기를 하며 식탁에서 멀어진다. 환기를 위해 주방의 창을 열어둔다. 아내는 눈을 감았다 떴다 하며 뭔가에 정신을 집중시키는 듯 보인다. 연기가 아내의 얼굴을 에워싸고 아내의 얼굴이 안개 속처럼 희미해지더니 점점 붉어진다. 낯설고 생경한 표정의 아내를 쳐다보는 유가 고개를 돌려버린다.

"향기를 맡는 건 좋지만, 초의 연기는 나쁘지 않을까?"

"그걸 참는 거지. 모든 걸 들이마시며 나 스스로를 견디는 거야. 그럼으로써, 지나간 시간으로부터 자유로워지고 싶거든."

"그래? 나름 의미가 있군. 의사한테서 얘기 들었어. 심각한 편은 아니래."

아내가 고개를 끄덕이고 상그레 웃는다.

"일주일에 한 번, 병원에 가서 상담해야 될 거야. 두세 달 정도 다니면 나을 수 있다니까. 규칙적인 생활을 하고."

"그럴게. 일주일에 한 번이면…… 열심히 다녀볼게."

아내에게 각인된 상처가 있다는 얘기를 의사에게서 들었지만 꺼내지 않는다. 유는 소파에 앉아 쇼스타코비치의 〈피아노 협주곡 2번〉을 들으며 눈을 슬며시 감는다. 머릿속으로 온갖 상념이 떠오른다. 눈앞에 보이는 것들을 모두 뭉개고 부순 다음 마음에 드는 것만을 새로 조립하여 자신의 운명으로 받아들일 수 없는 걸까. 그의 의지와는 상관없이 많은 것들이 떠나고 사라졌고, 선택하지 않아도 새로운 것들이 나타나고 변한다. 그런 강물의 흐름 안에서 자신이 떠돌며 흔들리고 부유하는 것 같다.

유가 눈을 떴을 때 아내는 향초를 정리하고 커피를 마시고 있다. 유가 아내 곁으로 와 식탁에 앉는다.

"여보, 나도 커피 한 잔 마실까? 당신 마시는 걸로."

아내가 일어나 드립커피를 내린다. 그 위에 요거트를 두 스푼 넣고 시나몬 가루를 뿌린다. 아내가 유의 앞에 커피를 놓아준다.

"아인슈페너야. 예전에 내가 좋아했잖아. 안 좋은 감정이 삭여지고 기분이 좋아지는 느낌이 들거든."

유는 커피를 마신다. 시나몬의 알싸한 맛이 밴 요거트가 입속에서 몰캉거린다. 원두커피가 들어가니, 입속이 시원해진다. 유는 아내의 느낌을 알 것 같기도 하고 모를 것 같기도 하여 고개를 갸웃거린다. 유는 잔을 내려놓으며 아내를 물끄러미 바라본다.

"내 얘기를 듣고 놀라지 말았으면 좋겠어."

아내의 표정이 긴장으로 살짝 굳어지고, 동그란 눈동자에 미세한 일렁임이 지나간다.

"카페에서 만났는데, 그 여자도 아인슈페너를 주문했던 것 같아. 날 보고 알은체를 하는데 기억이 나야 말이지. 두 번째는 경기장 관중석에 앉아 있는 걸 봤고, 세 번째는 꿈에서 연인으로 만났어. 젊었을 때 만났던 여자일지도 모르는데, 어떻게든 얼크러진 운명의 실타래를 풀어보고 싶거든. 당신, 이해해줄 수 있겠어?"

"그 여자가…… 누구? 언제 알게 된 여자이지?"

아내는 애써 평온함을 가장하려는 듯 커피를 입에 갖다 댄다.

"잘 몰라. 그런데 자꾸 나를 따라오며 내 머리를 어지럽히네."

아내가 눈썹을 찡그리고 한숨을 내뿜는다.

"무슨 상황을 말하는 건지……. 당신 의견에 동의는 할게. 운명의 여자라면 다시 만나도 좋겠지. 알아서 해."

아내가 상그레한 웃음을 내보이며 말한다.

"누구에게나 숨은 과거가 있기 마련이잖아. 당신은 나에게 늘 선물 같은 존재였어. 이런 얘기도 할 수 있어서 내가 얼마나 마음이 편한지……."

유가 싱긋 웃으며 말한다. 당혹의 기미가 얼굴에 살짝 깔리는 아내를 가볍게 안아주고 욕실로 들어간다. 유가 안방으로 들어갔을 때, 아내는 침대에서 약한 흐느낌을 쏟아낸다. 살짝 들썩이는 어깨를 만지면 으스러질 것 같다. 유가 잘못했다며 아내를 안아준다. 어떤 여자도 만나지 않겠다고 약속한다.

다음 날, 유는 꿈에서 그 낯선 여자를 만난다. 여자와 팔짱을 끼고 호수가 보이는 식당에서 음식을 먹으며 밀월의 데이트를 즐긴다. 여자는 유에게 사랑을 고백하고 함께 살고 싶다고 한다. 유는 고개를 끄덕이고 사랑을 맹세한다. 유는 그 순간을 더 즐기고 싶다는 생각이 강하게 일어난다. 환하게 웃던 여자의 얼굴이 점점 고통으로 일그러지더니 희미해지고 사라져버린다. 여자를 찾아다니는 중에 유는 눈을 뜬다.

며칠 후, 유는 근무가 끝나고 카페 거리로 간다. 도서관으로 들어가 마당의 벤치에 앉는다. 느리지만 냉정한 시간의 흐름이 자신을 여기로 데려온 것이다. 이곳은 현대적 건물이 즐비한 거리로 탈바꿈하고 진화한 거리가 되었지만, 예전의 모습 그대로인 도서관은 미로 같은 거리를 걷다가 길을 잃었을 때의 등대이고 구심점이다. 머릿속에서 언제나 지워지지 않는 기억의 저장소일 것이다. 교차로 근처에서 전단지를 나눠주는 사람들이 보인다. 새로 개업한 식당, 미용실, 분양하는 오피스텔을 홍보하는 전단지이다. 유의 시선은 여자들을 향해 있고, 그의 눈은 시간이 지날수록 탁한 공기 속의 전등처럼 흐려진다. 처음 여자를 만났던 카페 앞을 서성이다 카페로 들어간다. 아메리카노를 한 잔 시키고 창가로 가서 앉는다.

유는 커피를 음미하며 카페 출입구를 주시한다. 연인들, 친구들, 젊은이들이 들어와 차를 마시고 담소를 나눈다. 카페 안에서 한 시간째 차를 마시며 앉아 있다. 유가 찻잔을 내려놓고 카페 창밖으로 시선을 꽂는 순간, 카페에서 만난 그 여자가 카페 안을 유심히 보고 있다. 유는 자신의 눈을 의심하며 여자에게서 시선을 떼지 못한다. 여자는 고개를 갸웃거리며 발걸음을 돌려 나간다. 유는 황급히 일어나, 카페 문을 열고 나가지만 여자는 보이지 않는다.

카페를 나온 유는 기억복원실로 간다. 한 실장이 반가운 웃음을 머금으며 유를 안내한다. 복원실로 들어가 앉으니 앞에 하얀 화면이 보인다. 빨리 좋은 결과가 나왔으면 좋겠네요. 실장이 얘기하며 약을 건넨다. 유는 천천히 기억의 강을 건너간다.

지난번에 나타난 옛 애인이 다시 나타난다. 여자는 어느 날, 전화를 걸어 분노를 터뜨리며 헤어지겠다고 했다. 유는 여자에 대한 자신의 인식이 잘못되었다는 걸, 그녀와 헤어지고 나서야 알았다. 유는 여자의 얼굴을 머릿속에서 지워버렸다. 별로 아름답지 않은 데이트 추억이 있는 여자의 얼굴을 머릿속에 남겨놓고 싶지 않았다. 그 후 3년간 여자와 연락이 되지 않았다. 우연히 자주 가던 카페에서 그 여자와 재회를 했다. 유는 처음에는 여자를 알아보지 못했다. 얼굴과 머리 스타일이 너무 달라져 있었던 것이다. 여자가 먼저 알은체했고 유는 차한 잔 하자는 여자의 말에 약속을 했다. 다음에 만났을 때, 여자는 아인슈페너를, 유는 아메리카노를 마셨다. 여자는 아인슈페너를 마시면 마음속 슬픔이 차분히 가라앉는 기분이 든다고 했다. 유가 어떤 슬픔이 있는지 궁금하다고 말하자, 여자는 고개를 가로저었다. 여자의 표정은 맑고 밝은 느낌이었다. 유는 얼마 후 여자에게 꽃다발을 주며 청혼했다. 여자는 상그레한 웃음을 지으며 고개를 끄덕였다. 여자가 유에게 가까이 다가온다. 유는 여자의 얼굴을 뚫어져라 쳐다본다. 희미했던 얼굴이 차츰 선명해지며 아내의 얼굴로 변한다. 여자는 다름 아닌 아내였다. 유의 얼굴이 파리해지고 턱을 부르르 떤다. 심장이 정지된 듯, 숨이 쉬어지지 않는다. 그제야 유는 아내와 예전에 데이트를 했고, 한동안 헤어졌다가 다시 만났다는 걸 생각해낸다. 주먹을 꽉 쥐고, 긴 숨을 토해낸다. 한참을 씨근덕대다 유는 버튼을 누른다. 화면에는 온통 파란색 빛 조각들이 스크린에서 이리저리 흔들리고 있다. 실장이 들어온다.

"카페에 나타난 여자가 아내의 예전 모습이었다니……."

유의 눈에서 눈물이 흘러내린다.

"이제 명쾌하게 드러났군요. 다행이에요."

"기억이란, 얼마 동안 지워지기는 해도 사라질 수는 없는 거로군요."

"그렇다고 볼 수 있지요. 머릿속에 잠재되어 있다가 어떤 계기로 수면 위로 떠오르지요. 이제 제가 할 일은 다했어요. 어두운 우물 속에 잠겨 있던 기억을 두레박으로 건져 올렸어요. 그것을 해석하는 건, 당신 몫이에요."

유는 실장이 건넨 영상 사진을 받아들고 기억복원실을 나선다. 그동안 작업한 감정과 기억의 빛 조각으로 구성된 사진이다. 유는 힘들게 작업한 회상이, 기껏 아내에 대한 기억이었다니 허탈하면서도 심장이 울렁거린다. 아내는 결혼 후, 왜 한 번도 그때의 얘기를 꺼내지 않았을까. 유는 천천히 차도로 나와 집으로 향해 걷는다. 아내를 괴롭히는 건, 어쩌면 그 시절의 상처인지도 모른다. 아내의 병을 치유하고 행복해지는 방법을 찾아야 할 것이다. 어떤 방법이든.

집으로 가자, 아내가 보이지 않는다. 식탁 위에는 엽서만 한 메모지가 놓여 있다.

내 안에서 노래가 자꾸 흘러 나와. 누에고치 실처럼…… 그 노래들이 나를 부르고 있어. 나는 거기로 가야 돼. 당신은 안 들리지. 나에게만 들리는가 봐. 다시 돌아가고 싶은 그날의 노래가 들려. 나 그때로 돌아가고 싶어. 당신에게 돌아오지 않더라도, 날 용서해주길 바랄게…… 당신의 아내.

울음소리

울음소리

아파트를 짓기로 한 곳은 도시 변두리였다. 행정구역은 광역시에 속하지만 논밭이 즐비한 도로를 10분쯤 달려야 나오는 한적한 마을이었다. 오래된 주택이나 나지막한 빌라가 드문드문 보이는 곳이었다. 숲이 근처에 있어서인지 풀 향기 섞인 공기는 상큼했고, 10분 정도 거리에는 미향산 삼림욕장이 있었다. 반면에 교통이나 학군은 좋은 편이 아니었고 도심과 떨어져 있어 편익시설도 부족한 편이었다.

아파트 부지를 매입한 후, 부지 현장에서는 지반을 다지기 위해 흙막이를 설치하고 터파기로 땅을 고르고 있었다. 현장과는 10킬로미터 떨어져 있는 회사 사무실에서 건축가 박 소장과 조감도를 보며 얘기를 나누고 있는데, 황 전무에게서 연락이 왔다. 아파트 부지 근처에서 맹꽁이 울음소리가 들린다는 것이다. 나는 박 소장과 얼굴을 마주 보며 눈을 치켜떴다. 박 소장이 "뭘 그걸 갖고 그래요?"라며 설명을 계속했다. 회의가 끝나고 자세한 내막을 알기 위해 황 전무를 불렀다. 두 시간 후에 황 전무가 현장에서 돌아왔다.

"맹꽁이가 어떻게 됐다는 건지, 자세히 얘기해봐요."

"공사현장을 둘러보고 있는데, 어디선가 와글거리는 소리가 들렸어요. 공사 소음과는 확실히 다른 소리였어요. 공사가 멈춘 뒤에도 자꾸 귀를 간질이는 게…… 소리를 따라 가까이 가보았죠. 낙원천에서 들리는 소리였죠. 억새와 잡초가 무성한 습지 쪽이었어요. 뭔가 꼬물거리는 게 보여 자세히 보니 맹꽁이였어요. 제 눈에는 십여 마리 정도가 폴폴 튀어 오르다가 물에 숨어들어 가기도 했는데, 다른 곳에 더 많을지도 모르죠. 너무 시끄러워 나와버렸어요. 혹시나 하여 백과사전을 뒤져보니 맹꽁이가 멸종 위기종이던데요."

"그래요? 그럼, 우리가 뭘 어떻게 해야 된다는 겁니까?"

"이게 공사에 지장을 주는 건 아니지만, 나중에 완공되고 나서 소음 문제로 주민들의 원성을 살 수도 있잖아요. 확실히 조사를 해서 방침을 세워야죠. 내 생각에는 환경단체에 이 사실을 알려서 의견을 들어보는 것도 좋을 것 같은데요."

"이거 참 복병을 만났군. 그럼, 황 전무 생각대로 진행시켜봐요."

"네, 알겠습니다."

건축 사무실을 운영하다, 처음으로 건설업에 뛰어들어 맡은 사업이었다. 부지도 어렵게 구한 것인데 건물 올리기도 전에 복병을 만나다니 기운이 빠졌다. 첫 수주가 순조로워야 성공한다는 말은 건설업계에 불문율처럼 되어 있었다. 맹꽁이 문제가 아파트 공사와는 상관없는 것으로 판정되고 소음 문제도 잘 해결되어 사업이 순항하기만을 내

심 바랐다.

일주일 후, 환경단체 김성우 사무국장으로부터 연락이 와 찻집에서 만났다. 김성우는 앉자마자 굳은 표정으로 "이거, 중대한 사안이거든요." 하며 말문을 열었다. 환경단체 자체 조사 결과 맹꽁이와 맹꽁이 알을 무더기로 발견했다는 것이다. 이곳은 생태공원으로 지어야 할 최적지로 근처에 아파트가 들어서서는 안 된다는 것이었다.

"힘들게 부지를 매입해서, 기초공사 중이고 곧 분양을 앞두고 있는데 우리는 어떻게 하라는 거요? 당신들이 책임질 거요?"

나도 모르게 언성이 올라갔다.

"지자체에서 다시 부지를 매입하면 되지요. 분양에 들어가기 전에 결정해야지요. 안 그러면 더 골치 아플 수도 있을 텐데……."

맹꽁이인지 개구리인지가 나타나 잘 해보려는 사업을 방해하다니, 화가 나서 견딜 수가 없었다. 좋은 집에서 살고 싶은 인간의 욕망이 맹꽁이로 인해 무산되어야 한다는 게 납득이 되지 않았다. 갑자기 어떤 해결책이 머릿속에서 번개같이 지나갔다.

"맹꽁이 서식처를 다른 데서 조성하면 되지 않나요? 우리 아파트 부지와 서식처는 한참 떨어져 있는 곳인데, 이 문제를 떠안아야 한다니 난감하네요."

"그건 좀 힘들죠. 새 서식처 구하기도 힘들지만, 기존 습지를 보존하는 게 환경보전이거든요. 집이야 다른 곳에 옮겨 지으면 간단한 문제 아닙니까? 환경이란 게 한번 파괴되면 복원이 불가하지요. 건설업자들도 이런 기본 지식은 좀 알고 계셔야 할 겁니다."

그는 일주일 정도 시간을 갖고 대책을 마련해보라고 했다. 만약 멸종 위기종 2급인 맹꽁이와 서식처가 함께 보존되지 않을 경우, 사회적 이슈가 되어 뭇매를 맞을 수 있다고 했다. 그때는 회사의 명예 실추를 각오해야 할 것이라며 언성을 높이고는 김성우가 자리를 떠났다.

묘안이 떠오르지 않았다. 계획대로 사업이 진행되지 않는다면 그에 따른 불명예와 신인도 추락은 불 보듯 뻔했다. 마음이 갑갑했다. 양손으로 머리에 대고 뒤흔들었다. 누군가가 대신 해결해주기를 바라는 마음이었다. 작은 건축 사무실을 운영하며 안정된 생활을 하는 것에 만족하지 않고 사업을 벌인 게 내심 후회되었다.

처음부터 큰 사업은 내 체질에 맞지 않는지도 몰랐다. 정해놓은 규율이나 원칙에서 나는 절대 벗어나는 법이 없었고 예상을 뒤엎는 일이나 융통성을 발휘해야 하는 일 앞에서는 어쩔 줄 몰라 했다. 새로운 환경의 변화 앞에 적응하는 속도도 턱없이 느렸다. 이 일이 해결될 때까지 어디론가 사라져버리고만 싶었다.

찻집을 나와 머리를 식히기 위해 차를 몰고 도시 근교로 나갔다. 얼마쯤 나가자 구수한 거름 흙 내음과 함께 시원한 바람이 얼굴에 달려들었다. 갓길에 차를 세우고 밖으로 나와 맑은 공기를 흠씬 들이켰다. 바둑판 밭두렁이 시원하게 펼쳐져 있었다. 어릴 적 시골에서 살았던 나는 끼니조차 제대로 잇지 못했다. 집 앞에 있는 시냇가에서 형과 미꾸라지를 잡아 허기를 달래는 게 일쑤였다. 뜰채 안으로 가득 들어온 미꾸라지를 커다란 양동이에 담았다. 얼마 후 그 미꾸라지

들은 불에 구워져 입안으로 들어갔다. 장작불에 구워진 미꾸라지 껍데기를 벗기느라 양손은 새까매지고 입 언저리도 숯검정이 더덕더덕 묻었다. 홍수라도 지는 날이면 미꾸라지나 송어들이 마당 안까지 쓸려 들어와 둥실둥실 떠다녔다. 그러면 아이들은 허벅지까지 차올라 온 물을 첨벙거리면서 고기들을 쫓아다녔다. 때로는 하천에서 개구리가 발견될 때는 운이 좋은 날이었다. 징그럽고 야만적이라고 먹지 않는 녀석들도 있었지만, 우리는 모여 앉아 개구리를 구워 먹으며 허기를 달랬다.

여덟 식구가 살았던 집은 숙제하려고 책을 펴놓을 공간도 제대로 없었다. 중학생이 되어, 시집간 누나의 집에 얹혀살기 위해 도시로 나왔고 넓고 편리한 집에 대한 꿈은 이때 생겨난 것이었다. 맹꽁이를 잡아먹은 기억은 없지만, 지금처럼 멸종 위기종으로 지정되지는 않았다. 이제 맹꽁이 때문에 사람들이 살 집을 옮겨가며 살아야 할 처지에 놓인 것이다.

장 선배라면 어떤 대책을 내놓을지 궁금했다. 그는 건설업으로 성공한 사업가로, 아파트 부지를 알선해준 장본인이었다. 장 선배 사무실로 가서 차를 마시며 이런저런 얘기 끝에 말을 꺼냈다.

"그런데 문제가 좀 생겼어요. 미향동 아파트 부지 근처에 있는 낙원천에 맹꽁이 서식처가 있지 뭡니까? 환경단체에서는 생태공원으로 조성해야 된다며 주택 사업을 보류하라더군요. 아니, 부지를 다른 데로 알아보라고 하지 뭡니까? 참 이제 와서 어쩌라고……."

장 선배는 담배를 꼬나물고 한동안 말이 없었다. 내 얼굴과 바깥을

번갈아 살필 뿐이었다. 반쯤 타다 남은 담배꽁초를 비벼 끄고는 입을
열었다.

"그럼, 두 가지 다 같이 살리는 방향으로 밀어붙이는 게 어때?"

"그게 가능한가요? 어떻게요. 구체적으로?"

"그러니까 맹꽁이도 살리고, 아파트도 짓는 방향으로 추진해야지.
서식처 주변을 생태공원으로 만들면 되지 않나? 그걸 분양계획서에
포함하여 승인을 받아보게. 생태공원이 아파트 인근에 있다는 게 뭐
나쁠 것도 없잖아. 그러고 나서 맹꽁이 전담부서를 따로 만들어야 하
고. 만약 잘 안 되면 그때 다른 방법을 찾아야지. 지레 겁먹을 필요 있
어?"

나는 빙그레 웃으며 고개를 끄덕였다. 머릿속에 먼지구름처럼 끼어
있던 근심이 단번에 걷히는 느낌이었다. 생태공원이 있는 아파트, 그
럴싸했다.

황 전무를 불러, 아파트 현장으로 함께 나갔다. 날은 잔뜩 흐려 금
방이라도 비가 올 것 같았다. 레미콘이 쉴 새 없이 드나들며 기초공사
를 하고 있었다. 황 전무와 함께 현장과 십 분쯤 떨어진 습지로 걸어
갔다. 5분쯤 지났을 무렵, 끄익 끄익, 하는 소리가 들리기 시작하더니
가까이 갈수록 와글거리는 소리가 고막을 할퀴어댔다. 황 전무와 나
누는 소리가 아예 들리지 않을 정도였다. 습지는 수생나무들과 풀들
이 우거져 안쪽을 들여다보기가 힘들었다. 허리까지 오는 잡풀을 뚫
고 안으로 들어갔다. 습지의 물 색깔도 짙은 갈색이라 어떤 생물이 살
고 있는지 식별조차 되지 않았다. 자세히 들여다보자 황색 바탕에 검

은색 무늬가 있는 통통한 몸집의 맹꽁이 10여 마리가 들락거리는 모습이 희미하게 보였다. 눈에 보이지 않는 곳에 맹꽁이가 얼마나 더 있는지는 알 수 없는 노릇이었다.

습지를 벗어나 공사현장 사무실로 들어섰다. 현장감독 김 소장, 황 전무와 커피를 앞에 놓고 테이블 앞에 앉았다.

"맹꽁이 서식처를 생태공원으로 조성한다는 걸 아파트 분양 광고에 포함해야 되겠어요. 아파트에 생태공원이 가까이 있다는 게 나쁘진 않잖아요. 안 그래요?"

내가 운을 떼었다.

"물론이죠. 요즘은 자연친화적 주택으로 가는 추세라, 호응을 이끌어낼 수 있지요. 소음 문제도 늘 발생하는 건 아니고 도심 차량 소리보다 낫지요. 하하"

황 전무가 맞장구치며 한술 떴다.

"아파트 바로 옆도 아니고요. 이런 변두리에 집을 사는 사람들은 좋아할 겁니다. 특히 학생이 있는 집이면 환영할 일이죠."

김 소장이 나와 황 전무 얼굴을 살피며 거들었다.

"그럼 황 전무는 생태공원 전담부서를 만들어 추진하게, 환경연합 사무국에 이 사실을 알려야겠네. 공사는 예정대로 진행하는 걸로 마무리하지."

두 사람은 고개를 끄덕였다.

사무실로 돌아와 김성우 사무국장에게 전화를 넣었다. 아파트와 맹꽁이 생태공원을 함께 추진하겠다는 얘기를 하자, 바로 의아스런 반격이 돌아왔다. 아파트 단지와 생태공원이 함께 만들어질 수가 없다는 거였다. 맹꽁이 생태공원 조성이 잘 안 되면, 아파트 사업을 철수하겠다는 의사를 내비치자, 그는 알았다고 했다.

황 전무에게는 매일 서식지 변동 사항이나 맹꽁이 활동 상황을 보고하라고 지시했다. 일주일 후, 보고서가 올라왔다. 현재 낙원천에 서식하는 맹꽁이는 대략 줄잡아 30여 마리이며 주로 활동하는 시기는 여름철이고 교미와 산란도 이때 이루어진다고 했다. 낮에는 잠잠히 있다가 밤에 주로 활동하는 야행성이라고 했다. 날이 흐리거나 비가 올 때 울음소리가 더 요란해지며, 보통 땅속에서만 머물러 있는지 눈에 잘 띄지 않는다고 했다.

맹꽁이 생태공원을 앞세운 아파트 분양 계획이 승인이 나자, 곧바로 분양에 들어갔다. 멸종 위기종이라는 것을 감안하여, 시에서 지원금을 대주기로 했다. 25층 아파트 3개동으로, 총 470세대였다. 예상 밖으로 청약이 호조를 보여 나는 가슴을 쓸어내렸다. 습지 주변에 꿀풀, 택사, 세모고랭이 등을 심고 물 위에 개구리밥, 생이가래 등의 부유성 식물이 떠다니도록 조성했다. 생태공원 인근에는 작은 연꽃 단지도 조성했다.

시공에 착수한 지 6개월이 지났을 무렵이었다. 전담부서 측에서 맹꽁이들이 하나둘 죽어간다는 보고가 올라왔다. 긴급회의를 소집했다. 황 전무가 실태를 설명했다. 한 달 전만 해도 20마리 정도 있었는데 갑자기 25마리로 줄었다는 것이다. 이 사실이 알려지면 맹꽁이 생태공원을 믿고 계약한 계약자들로부터 원성을 살 것이 분명했다. 대책을 내놓지 않는다면 계약자들로부터 소송이 이어질 것이라는 건 불 보듯 뻔했다. 착공 6개월 만에 회사는 최대의 위기를 맞았다.

"무슨 대책이 없겠습니까?"

내 목소리가 기운 없이 흘러나왔다. 무거운 침묵이 공기를 팽팽히 누르고 있었다.

"맹꽁이들을 전부 다른 장소로 옮기면 안 되겠습니까?"

"그게 간단히 될까요? 환경이 달라지는데. 맹꽁이가 뭐 물건도 아니고 말이지요."

"환경을 똑같이 꾸미면 안 될 것도 없지요. 적합한 환경을 만들어야지요. 안 죽게 하려면."

"그러니까, 원인이 뭡니까? 아파트 공사로 인해서 맹꽁이 서식처에 오염 물질이 유입되어 환경의 변화가 생긴 것 아닙니까? 새 서식처는 그걸 감안해서 신중하게 접근해야지요."

이런저런 얘기들이 오갔으나 별다른 도리가 없었다. 새 서식처를 찾아서 옮기는 것으로 가닥을 잡았다. 환경단체에서도 이미 건축 허가가 난 이상, 우리 입장을 이해할 것이라 생각했다.

"맹꽁이가 진짜 멸종되려고 그러나, 우리 사업을 자꾸 방해하네요. 전담부서에서는 서식처를 물색해서 옮기고 공사는 계속 진행하는 방향으로 합시다. 여러분도 계속 이 문제를 고민해보세요."

내 말을 끝으로 회의가 끝났다. 그러나 일반 부지를 맹꽁이 서식처로 조성한 다음, 맹꽁이들을 채집하여 옮기는 비용이 만만치 않았다. 예상 금액은 5천만 원이었고 해약 사태가 빚어질 것을 우려해 청약자에게 추가 부담을 지울 수는 없었다. 은행 대출 한도까지 모두 대출한 상태라 돈을 더 빌릴 수도 없었다. 내가 사재 3천만 원을 내놓겠다고 하자, 간부들이 합쳐 2천만 원을 만들어보겠다고 나섰다.

새로운 서식처는 일지천이었다. 아파트 단지와는 떨어져 있으면서, 주민들이 방문하기에 멀지 않은 지역이었다. 습지에 있던 맹꽁이, 생물, 식물 등을 몽땅 채집하여 수족관 등에 담아 트럭에 싣고 일지천으로 옮겼다. 전담부서에서는 당직을 정해 일지천 주변을 지켰다. 하루도 마음 편할 날이 없었고 제대로 잠을 잔 날이 일주일에 사흘도 채 되지 않았다.

한 달이 지났을 무렵이었다. 전담부서로부터 맹꽁이 한 마리가 죽었다는 보고가 올라오더니 사흘 만에 다섯 마리가 또 죽었다는 소식이 사진과 함께 보고되었다. 일지천 구석에서 볼록한 배를 내밀고 허옇게 뒤집어져 엎어져 있는 맹꽁이들을 들어 올려 땅속에 파묻는 일이 전담부서의 일과가 되었다. 맹꽁이가 죽어간다는 것은 곧 나를 죽이는 거나 다름없는 거였다. 죽은 맹꽁이들 곁에 살아 있는 맹꽁이들이 욱실욱실 몰려 끅 끅 울부짖는 소리는 천둥소리처럼 들렸다. 죽음의 원인은 정확히 밝혀지지 않은 채 환경단체는 아파트 공사에 원인을 돌렸다.

심장이 시퍼렇게 타들어갔다. 환경단체와 계약자들의 거센 항의로 아파트 공사는 공정 4분의 1이 진행된 채로 멈췄다. 생태공원 실패와 계약 위반을 빌미로 청약자들의 계약금과 불입금 반환 요구가 빗발쳤다. 회사는 은행 대출금을 떠안고 부도를 맞았다. 언제 공사가 재개될지, 아니면 건물을 해체해야 될지도 모르는 상황이었다. 사무실에는 나와 여직원 한 사람이 출근하여, 계약금 환불과 인수회사 섭외에 대한 마무리 절차를 밟고 있었다. 현장으로 가보았다. 5층에 멈춘 채, 인부 하나 보이지 않는 철근 콘크리트 세 동의 건물은 황량하고 기괴스러웠다. 건물 사이에 붉은 크레인이 멈춰진 채 우뚝 솟아 있었다. 그것만은 무너지지 않겠다는 듯 오롯이 빛나고 있었다.

사무실에서 숙식을 해결하며 일주일을 버텼다. 당장 무슨 일을 해서 가족을 먹여살려야 할지도 의문이었다. 어쩌다 사태가 이 지경이 되었는지 종잡을 수가 없었다. 분통이 터져 견딜 수가 없었지만 이번 실패로 건설업자의 꿈은 버릴 수 없었다.

장 선배를 찾아갔다. 삼겹살을 뒤적이며 내 얘기를 듣고는 곤혹스러운 표정을 지었다.

"집 명의를 안사람에게 넘기고 이혼서류를 꾸며야지. 진짜 이혼하라는 게 아냐. 가족이 사는 집까지 뺏길 수는 없잖아. 외국으로 가든지 어딘가에 숨어 지내는 게 좋을 거야. 근로 행위는 신분이 탄로 나니까 해서는 안 돼. 이왕 이렇게 된 것 툴툴 털고 다음 기회를 노리는 수밖에. 하늘은 사람에게 세 번의 기회는 준다니까 기운 내라고."

장 선배는 말을 마치고는 히죽 웃었다. 나는 고개를 돌려 외면했다. 내 마음 상태를 그렇게라도 비치고 싶었다. 남의 일이니까 웃음이 나오겠지. 마음속 깊은 흙탕물에서 구렁이 한 마리가 혀를 내밀고 올라오고 있었다. 눈물이 나오려고 했지만 이를 악물고 선배를 똑바로 쳐다보았다.

"결국 이렇게…… 언제까지 숨어 살아야 할지……."

"음, 지금은 알 수가 없지. 사태를 마무리 짓도록 내가 도와야지. 경매에 넘어간 회사를 인수할 사람이 안 나타나면 내가 인수하는 방향으로 하고. 일을 수습하면 내가 저금리로 사업 자금 빌려줄 테니, 성공해서 갚으라고."

"아!"

나는 미심쩍었지만, 고개를 끄덕였다. 이 판국에 장 선배 아닌 다른 누구의 도움을 받을 수 있단 말인가? 눈물을 글썽이며 선배의 손을 힘주어 잡았다. 일은 일사천리로 진행되었다. 집을 팔아 가족들이 머물 소형아파트 전세를 얻고, 나머지 금액으로 내가 머물 고시원 월세와 가족 생활비로 써야 했다. 아내에게는 몇 년만 참아달라고 했다. 아내는 분통이 터지는지 내 가슴을 두 주먹으로 마구 짓찧으며 울음을 터뜨리더니 기어이 바닥에 쓰러져버렸다.

예전 동네와 뚝 떨어진 다른 도시에 고시원 방을 얻었다. 식사는 고시원 식당에서 해결하거나 컵라면으로 때웠다. 언젠가 가족 품으로 돌아가고, 다시 주택 사업으로 재기하겠다는 의욕만이 부실한 몸을 지탱해주었다. 수염을 깎지 않았고, 중절모 모자를 푹 눌러쓰고 다녔다. 인근 구립도서관에 가서 건축 관련 책이나 신문기사를 읽으며 시간을 소일했다. 도시들은 날로 진화하는 중이었고 현대 건축물의 지향점은 친환경이었다. 영국의 친환경 건축물인 런던시청은 달걀 모양의 독특한 디자인을 자랑했다. 화학발전소를 리모델링한 런던의 테이트 모던 미술관은 외관은 보존한 채 내부만 리모델링한 경우였다. 독일의 함부르크 가스트백 호텔은 버려진 가스공장이 친환경정책에 힘입어 최첨단 호텔로 변한 것이다. 파리의 베르시 빌리주는 낡은 와인저장고를 개조해 복합 쇼핑 공간으로 탈바꿈했다. 친환경과 예술적 상상력이야말로 미래의 도시가 선택할 수 있는 최선일 터였다.

언젠가 출장차 들른 베트남 하롱베이에서 본 수상마을이 떠올랐다. 서른 가구가 모여 하나의 마을을 이루고 있었는데 그들의 표정은 천진무구했다. 마을 사람들의 생계 방편은 주로 낚시였다. 관광객들이 수상마을을 둘러보며 생선을 사 가기도 하고, 마을 사람들이 관광 유람선에 횟감을 팔기도 했다. 이참에 차라리 베트남 수상마을에 가서 목재로 얼기설기 집을 지어 살아볼까, 하는 생각이 들었다. 그야말로 무릉도원이 따로 없을 거였다. 생각만 해도 입이 헤벌쭉 벌어졌다.

고시원을 나와 거리를 어슬렁거렸다. 카페가 보였지만, 들어갈 엄두가 나지 않았다. 텁수룩한 수염과 허름한 옷차림으로 들어가봤자, 반기지 않을 것이고 자리도 내주지 않을 것이다.

10분쯤 더 걸어가자 '더 카페'가 보였다. 그곳은 5년 전, 내가 설계한 것이었다. 시내 중심가 뒷골목에 위치한 부지는 70평의 자투리땅이어서 은행이나 병원이 들어서기에는 역부족이었다. 의뢰인 문서인은 처음에 지상 2층의 카페와 지하 2층의 주차장 설계를 부탁했다. 나는 차고 넘치는 게 카페인데, 일반적인 콘셉트는 주목을 끌지 못하니,

차별화된 카페 콘셉트가 좋겠다고 했다. 문서인은 강연, 세미나실을 겸한 복합문화공간으로 북카페로 설계해달라고 했다. 나는 지하에 북카페를 짓고, 지상은 녹지공간인 공원으로 꾸민 설계도를 제시했다. 문서인은 지하에 카페를 짓는 것을 원치 않는다며 고개를 갸웃거렸다. 더구나 자신은 50대 중반의 나이인데 40대 젊은 사업가가 믿기지 않는다는 눈치였다. 빌딩에 둘러싸인 도시인들은 녹지공간에 목말라 있으니 친자연 문화생활에 흡족해할 거라고 설득했다. 자투리땅이지만, 나무를 심고 분수대를 설치하고 집 정원처럼 꾸민다면 호응을 얻어낼 것이고, 거기다 부조와 조각상 같은 예술품을 설치하면 환상적이지 않겠냐고 했다. 문서인은 휴식하러 공원에 왔다가도 지하의 문화공간을 이용할 수도 있겠다며 그제야 고개를 끄덕였다. 계약은 체결되었고 6개월 후 카페가 완공되자, 대박이었다.

도심의 친자연 공간에 목마른 시민들이 카페에 더 밀려들었다. 지하에서 차를 주문하고 지상의 공원에서 차를 마시는 방문객들이 늘어났다. 지하의 카페 입구를 찾지 못할 것을 대비, 공원 입구에 '더 카페 입구' 간판을 하나 더 내걸어 문제는 해결되었다. 지금은 다른 지역에 분점 열 개가 성업 중이었다. 그녀는 '더 카페'로 인해 성공한 사업가가 되었다.

문서인에게 전화를 하자, 카페 운영자 섭외 일로 다른 도시에 있으니 밤 11시가 넘어야 시간이 난다고 했다. 나는 집으로 가도 되냐고 묻자, 괜찮다는 답변이 돌아왔다. 밤 11시가 되어 그녀의 집으로 가기 위해 도시철도를 탔다. 수정역에 내려 10여 분을 걸어 그녀가 사는 아파트로 갔다. 얼마 전 아들이 결혼하여 그녀는 혼자 살고 있었다.

"강 사장 꼴이 말이 아니군. 그렇지 않아도 이런저런 소문은 난무하고 연락은 되지 않아 걱정을 많이 했어."

그녀가 내 손을 부여잡고, 눈물을 글썽였다. 그녀는 거실 탁자에 와인과 맥주, 과일 등을 내왔다. 내가 시장해 보이는지, 불고기 전골과 밥도 차려주었다. 그녀가 와인을 한 잔 따랐다.

"이런 꼴을 보여서 면목이 없네요. 무작정 걷다 보니 카페가 보이더라구요."

"진작 연락 좀 하지 그랬어. 내가 많이 궁금했는데. 죽었다는 소문까지 들리니 얼마나 걱정했는지 알아? 믿지는 않았지만."

"숨어 지내야 했으니까요. 나를 봤다는 걸 비밀로 해주세요. 그러지 않으면 여기 오지도 못해요."

"물론이지. 날 믿고 찾아왔는데 내가 배신하겠어? 걱정하지 말고 자주 찾아와."

문서인이 내 빈 잔에 와인을 따르며 얘기했다. 밥 한 공기를 비우고, 와인을 좀 마시고 나자 몸이 혼곤해졌다. 눈이 스르르 감겨왔다.

"아들 방이 비었으니, 여기서 자고 가도 돼."

"고마워요. 하룻밤 신세를 져야겠네요. 도시철도가 끊겨서. 요즘은 택시도 못 탄답니다. 내일 눈을 뜨자마자 나가야겠어요. 하하."

안온한 분위기 속에 젖어드니 나도 모르게 웃음이 나왔다.

"사업을 하다 보면 기복이 있기 마련이야. 기회를 기다리면 언젠가 다시 성공할 거야. 힘들면 나에게 와. 약간의 도움은 줄 수 있으니까."

"얘기만 들어도, 기운이 나는데요."

나는 몸을 좀 씻겠다며 일어났다. 욕실에서 몸을 씻고 아들 방으로 가 잠을 청했다. 마음이 편해서인지 오랜만에 단잠을 자는 느낌이었다. 아침에 일어나자, 집 안에는 인기척이 없었다. 거실 탁자에 메모지와 함께 현금 백만 원이 놓여 있었다. 혹시 아침 일찍 나가게 되면 이 돈을 꼭 챙겨 가라는 내용이었다. 나는 마음만 받겠다는 메모를 남기고 조용히 현관을 열고 나왔다.

아내는 전화를 받지 않았다. 바뀐 내 전화번호를 아내가 저장했는데 이상했다. 아들은 공부 때문인지, 전원이 꺼져 있었다. 조금만 기다려보자고 다독였다.

거리를 걷는데 온몸이 뻣뻣하고 관절들이 삐걱거렸다. 몸의 관절 상태는 점점 나빠지고 있었다. 담배 한 대 태우려고 주머니를 뒤적거렸지만 나온 것은 교통카드와 천 원짜리 지폐 몇 장뿐이었다. 고시원으로 들어가다 보니 건물이 약간 기울어져 보였다. 언제부터 기울어져 있었는지 모르지만 이제야 발견한 게 이상했다. 나도 모르게 몸이 건물처럼 휘우듬히 기울어졌다. 엘리베이터는 경사 때문인지 윙, 하는 소리와 함께 덜컹거렸다. 혹시나 중간에 멈추지나 않을까, 가슴이 벌렁거렸지만 다행히 5층에 올라오자 문이 열렸다.

방으로 들어와 출입문을 닫으려 하니 아귀가 맞지 않는지 문이 제대로 닫히지 않았다. 그동안 문을 꼭 닫지 않아서 몰랐는지, 건물이 갑자기 기우뚱한 건지 대체 가늠이 되지 않았다. 건물이 조금씩 기울어지다 이제는 확연히 기울어져버린 건지 몰랐다. 침대에 드러누워 책을 들었다. 책상에 앉아 있지 않으면 침대에 눕는 수밖에 없었다. 상체가 약간 올라간 느낌이 들었지만, 책을 보기에는 아무 문제가 없었다. 책을 보다 스르르 잠이 들었다.

눈을 뜨니 골이 쑤시고 띵했다. 온몸이 부스러지는 듯 관절 곳곳이 삐걱거리고 두드득, 소리가 났다. 눈앞은 안개 속처럼 희끄무레했고 몸은 지나치게 가벼워 벌레처럼 느껴졌다. 이러다 죽는 게 아닌가, 하는 공포가 스멀거렸다. 누워 있다간 그대로 숨이 멈춰버릴 것 같았다. 벌떡 일어나 거리로 나왔다. 짓다가 만 건물이 삐죽삐죽 솟아 도시의 미관을 해치고 있었다. 곳곳에 철근 뼈대만 남은 건물도 있었고, 붉은 크레인이 짓다 만 건물 사이사이에 버티고 있었다. 그것들은 걸러지지 못한 도시의 욕망처럼 보였다. 또 다른 건물에는 기중기의 버킷이 들러붙어 한쪽 귀퉁이를 깎아내리고 있었다. 먼지가 안개처럼 뒤덮여 부수어지거나, 사람들이 그 아래에 코를 막고 지나다녔다. 멀쩡한 건물이 제대로 없었다. 죄다 부서졌거나 짓다 만 상태거나, 기울어져 있었다.

청보라색 어둠이 조금씩 깃들며 낮과 밤의 경계를 만들었다. 빛이 사라지면서 사라진 사물은 빛과 함께 다시 나타날 것이다. 사람이 갑자기 사라진다는 건 어떤 의미일까? 나 스스로 사라지는 건, 어떤 빛으로도 보여주지 않겠다는 것이다. 아무 존재 가치가 없는 인간임을 선포하는 것이나 다름없다. 대체 '나'라는 존재는 어디에 있는 것일까? 언제쯤 '나'라는 존재가 밝은 빛 속에 나타날지 알 수 없었다. 시간이 흐르면서 24시 편의점이나 식당에서 내쏘는 불빛, 차량들 불빛만이 검은 거리를 점점 채워갔다.

그새 1년이 흘렀고 유랑 생활은 끝나가고 있었다. 가족 품으로 돌아갈 때가 된 것이다. 유배 생활을 잘 견뎠다는 데서 나 자신에게 포상이라도 내리고 싶은 심정이었다. 재기하는 게 쉽지 않겠지만, 처자식을 생각하고 그동안의 손해를 만회하기 위해서라도 억척을 부려야 했다. 배낭에 옷가지와 책을 넣어 짐을 챙겼다. 장 선배를 빨리 만나고 싶었다. 마치 시한부 삶이 끝나고 새 삶이라도 찾은 듯 몸속 세포들이 활개를 치고 있었다. 오랜만에 기분 좋은 기지개를 활짝 펴고 전화기를 꺼냈다. 발신 전용으로 쓰는 전화기였다. 장 선배 번호는 없는 번호라는 음성이 연속적으로 흘러나왔다. 맥이 빠졌다. 직접 찾아가는 수밖에 없었다. 짐을 꾸려 배낭을 메고 나왔다. 고시원 건물은 여전히 기울어져 있었다.

예전에 살던 동네에 도착했다. 여기에도 짓다 만 건물이 곳곳에 보였다. 기울어지는 햇살 한 자락이 그 건물 위에 비스듬히 걸쳐져 있었다. 예전에 짓다가 공사가 중단된 아파트 부지 쪽으로 발걸음을 옮겼다. 그 자리에는 초고층 주상복합아파트가 자리하고 있었다. 장 선배가 공사를 계속해서 완공한 모양이었다. 생태공원 예정지에는 상가가 들어서 있었다. 맹꽁이 서식지 인근에 어떻게 고층 아파트를 지을수 있었는지 의문이었다. 짓다 만 건물들이 우후죽순 솟아 있는 회색건물들 사이로 선명한 연갈색의 스카이라인을 그리고 있는 그 건물은 컴컴한 바다에서 홀로 떠오른 야광생물처럼 보였다. 건물을 물끄러미 올려다보았다. 자세히 보니 외벽에 이리저리 균열이 나 있었다. 건물 중앙 출입구 광장에서 입주민들이 모여 시위를 하고 있었다. 모두 붉은 머리띠를 이마에 동여매고 주먹을 쥔 한쪽 팔을 굽혔다 폈다 반복하며 함성을 지르고 있었다. 선두에서 지휘하는 대표자가 확성기에 소리를 치면 앉아 있는 주민들이 복창하는 식이었다. 현수막에는 '초고속 부실시공, 초고층 무너진다'라고 적혀 있었다.

장 선배 사무실로 찾아갔다. 문은 열려 있었다. 그는 서류를 보며 회사 전화기로 통화를 하고는 전화를 끊었다. 그가 고개를 들어 나를 바라보고는 고개를 갸우뚱거렸다. 나는 숨이 멎을 것 같은 느낌으로 안으로 성큼 들어갔다. 그의 앞에 바투 다가서 그를 포옹하려고 두 팔을 번쩍 치켜 올렸다.

"장 선배, 드디어 내가 왔어요. 강석깁니다. 이제 재기할 때가 되어 찾아왔어요."

그는 당혹스런 표정으로 나를 보다가 하하하, 큰소리로 웃었다.

"누구신지? 나에게는 너 같은 후배 둔 적이 없어. 강석기는 실종되었지 않나? 죽었다는 얘기도 있던데⋯⋯."

그는 고개를 숙여 서류에 눈을 꽂았다. 그의 몸은 몰라보게 비대해져 있었고 주름진 눈매는 거칠고 오만해져 보였다. 그러나 왠지 쓸쓸해 보이는 표정이었다. 나는 응접용 소파에 털썩 주저앉았다.

"지금 무슨 얘기를⋯⋯. 나라는 인간이 이렇게 살아 있는 걸 보고도 그런 얘기를⋯⋯. 드디어 우리가 약속한 시점이 온 거지요. 숨어 지내면 기회가 올 거라고 말한 사람이 누굽니까? 난 이제 살아 있는 사람으로 숨 쉬며 살고 싶어요. 빚쟁이들에게 몰매를 맞아 죽는 한이 있어도, 철창에 갇히는 신세가 되더라도 말입니다. 당당히 숨을 쉬면서 내가 여기 있다고 소리치며 살고 싶다고요. 내 목소리를 내지 못하고, 먼지처럼 박혀 있어야 하는 인생은 죽은 인생보다 못하더라고요."

그는 노기 가득한 표정으로 나를 노려보았다.

"허무맹랑한 소리 집어치우고 그냥 숨어서 조용히 살아. 내가 아직 널 도울 힘이 없어. 건물 공사 중에 인부 두 사람이 추락해 죽었어. 거기다 건물 외벽 균열 문제로 시공무효소송이 지금 재판 중이야. 패소하면 난 끝이야. 내가 승소할 가능성은 십 프로도 안 돼. 나야말로 지금 살아도 산목숨이 아니다."

그는 인상을 찡그리며 책상에 놓인 생수병을 들어 벌컥벌컥 들이켰다. 생수병을 내려놓은 그가 전화기를 들어 통화를 했다. 잠시 후, 직원으로 보이는 남자 두 사람이 들어와 나를 양쪽에서 들쳐 잡아 문밖으로 끌고 왔다.

나는 도로로 나와 선배 사무실 입구에서 기다렸다. 비가 후드득 쏟아졌다. 선배 입장도 이해 못 하는 건 아니었다. 세상이 온통 지뢰밭처럼 보였다. 대체 어디로 가야 안전할지 가늠이 되지가 않았다. 온몸이 축축해졌고 밤이 될 때까지 기다렸다. 단둘이서 예전처럼 소주잔이라도 기울인다면, 관계가 회복될지 모르는 일이었다. 아까 명함을 받아두지 못한 게 후회스러웠다.

어느새 땅거미가 거리를 뒤덮었고 빌딩과 차량에서 내쏘는 불빛들이 어둠을 적시고 있었다. 어디선가 맹꽁이 울음소리가 고막을 긁어

대는 것처럼 들렸다. 선배는 끝내 나타나지 않았다. 주차장에서 승용차를 타고 사라져버린 것이다. 하는 수 없이 다시 고시원으로 돌아왔다. 대책도 없이 집으로 갈 수는 없었다.

다시 한 달이 지났고 기차역에서 TV 뉴스를 시청하고 있을 때였다. 나도 모르게 벌떡 일어나 수상기 가까이 다가가 귀를 기울였다.

'행복건설의 장우건 대표이사가 어제 일지천에서 변사체로 발견되었습니다. 행복건설에서 시공한 스카이파크는 외벽 균열이 심해 입주민들이 시공무효소송을 제기하였고 재판 결과 승소하여 이주보상금을 받아 이주 절차를 밟는 과정에 있었습니다. 장우건 대표는 자금난으로 고민한 것으로 전해졌습니다.'

장 선배가 진짜 죽어버리다니 믿을 수가 없었다. 그때 만났을 때 한마디도 언질을 주지 않은 게 야속했다. 왜 맹꽁이를 방사한 일지천에 몸을 던졌을까? 사무실 책상 위에서 발견된 유서에는 '모두에게 미안하고 죄스럽다. 또한 맹꽁이한테.'라고 적혀 있었다고 한다. 장 선배의 죽음은 우리 두 사람을 같이 죽이는 꼴이었다. 하지만 나는 살아야 했다. 사람과 동식물이 공존하는 친환경 아파트를 꼭 내 손으로 짓고 싶었다.

나는 애초에 욕망의 집을 짓지 못했다. 그런 나 자신이 맹꽁이였다. 환경의 변화에 적응하지 못해 떼죽음을 당한 맹꽁이였다. 역을 나와 칠흑 같은 어둠 속으로 들어갔다. 너울 같은 비가 부슬거렸고, 바람이 갉아대듯 불어왔다. 여전히 몸에서는 관절이 드르륵거리는 소리가 들렸다. 그런 몸으로 허청허청 걸었다.

가족이 살고 있다는 집이 지척에 보였다. 아내는 여전히 전화를 받지 않았다. 다시 원점으로 돌아가 새로 시작하고 싶었다. 집이든 카페든 미술관이든, 그곳은 마음과 영혼의 빛이 살아 숨 쉬고 안식할 수 있는 공간이어야 했다. 산에는 산장을 짓고, 들판에는 움막을 짓고, 동굴이나 바다에도 사람이 살 수 있는 집을 짓고 싶었다. 어떤 곳이든 인간의 마음이 머무는 곳이 바로 집이었다. 내 머릿속으로 설계도가 부지런히 그려지고 있었다.

진동의 기원

진동의 기원

엘리베이터 안에는 암모니아와 니코틴이 뒤섞인 냄새가 희미하게 감돌았다. 나는 코를 큼큼거리며 흰 운동화에 시선을 두다 주인 여자를 흘깃거렸다. 60대 초반쯤으로 보이는 여자의 얼굴은 광대뼈가 도드라진 굳은 얼굴에, 머리에 쓴 감청색 비니 사이로 희끗한 머리칼이 내비쳤다. 잠시 후, 엘리베이터는 7층에서 멈췄다.

ㄷ자형 복도는 어둑어둑했다. 음침한 긴 복도는 연옥으로 가는 긴 회랑처럼 보였다. 천장에 드문드문 달린 형광등이 어두운 통로를 비추느라 안간힘을 쓰며 떨고 있었다. 주인 여자는 맨 끝에 있는 방 729호 앞에 멈춰 서서 카드 키를 갖다 댔다. 주인 여자를 따라 안으로 들어갔다. 13평 오피스텔은 거실에 주방이 붙어 있고, 방이 하나 있는 투룸 구조였다. 전자제품이 모두 장착되어 있어 따로 구입할 게 없어 보였다. 방의 구석에 책상이 하나 덩그러니 놓여 있었다. "이건 뭔가요?" 주인에게 물었다. 전 세입자가 두고 간 것인데, 책상을 보관하는 조건

으로 세를 놓은 것이라고 했다. 마침 나에게는 책상이 필요했던 터라 상관없었다. 호두나무 원목의 연갈색 책상 위에는 1센티미터가량의 유리 덮개가 덮여 있었다. 왜 안 들고 갔는지 물어보려고 주인을 바라봤다. 주인의 굳은 표정에는 혼몽한 기운과 차가운 방어막이 뒤섞인 채 묘한 위압감을 주었다. 다음 기회에 물어보는 수밖에 없었다. 준공한 지 6년 되었다는 집은 비교적 깔끔했고 도시철도 인근이라 교통이 편리하다는 것도 마음에 들었다. 1층에 있는 부동산에 내려가 월세 계약서를 썼다.

이사하는 날은 비가 부슬부슬 내렸다. 3톤 트럭에 책, 옷, 소지품 등이 든 상자 다섯 개와 이불을 넣은 비닐가방을 실었다. 부산에 도착하니, 맑은 날씨였다. 지난번보다 집이 더 깨끗했다. 벽지와 천장이 흰색이어서 산뜻해 보였고, 바닥은 은회색 강화마루였는데 광택이 흘렀다. 거실의 붙박이장에 옷과 이불을 정리하고, 책들은 책상 위에 쌓아두었다. 책장과 침대, 주방용품 등은 인터넷으로 주문했다. 배가 꼬르륵거려 편의점에서 불고기 도시락, 삼각김밥, 햄버거, 햇반, 컵밥, 맥주 등과 식료품들을 눈에 띄는 대로 사 들고 왔다. 불고기 도시락과 맥주 한 캔을 식탁 위에 올려놓으니 조촐한 밥상이 차려졌다. 1인용 식탁에 점점 친숙해질 것이다. 자유로움과 고독감이 씨줄 날줄로 엮여 방 안을 휘감고 있었다.

이사 오기 전에 살던 곳은 경주였다. 그날 진동이 느껴진 때는 오후 2시였다. 나는 휴대폰 대리점을 운영하고 있었고, 고객과 전화 상담을 하는 중이었다. 갑자기 몸이 롤러코스터 타듯이 흔들리더니, 벽에 부딪혀 바닥에 넘어졌다. 내가 어, 소리를 내는 동시에 상대편에서 앗, 하는 소리가 들렸다. 전화기가 순식간에 바닥에 떨어졌다. 도로에서 간판 떨어지는 소리가 우당탕 쾅 쾅, 들렸다. 선반에 놓여 있던 로즈메리 화분 두 개가 떨어져 깨졌고 기종별로 걸어둔 폰 케이스들이 춤을 추며 차르랑 떨어져 내렸다. 엉덩이 쪽이 따끔거렸다. 테이블 모서리를 잡고 겨우 일어서는데 가게 전등이 꺼졌다. 진동은 2분간 이어지다 멈췄다. 휴대폰을 찾아 겨우 손전등을 켰다. 밖으로 나가보니 더 난리였다. 출입문 밖에 세워둔 입간판이 넘어져 옆구리가 하늘로 향했고, 사은품으로 재어놓은 30개용 두루마리 화장지가 도로 가운데에 버티고 있었다. 도로는 간판들과 과일 꾸러미, 소쿠리 등이 뒤엉킨 채 나뒹굴었다. 도로를 정리하고 가게로 들어와 휴대폰을 들여다보니, 재난 메시지가 와 있었다. 경주에서 진도 5.6의 지진이 발생했다고 했다. 35년 인생에 처음 일어난 일이었다. 일본에서나 일어날 줄 알았던 지진이, 우리 지방에서 일어나다니 믿기지 않았다. 소름이 온몸에 오소소 돋았다. 좀 전에 통화했던 고객에게 다시 전화를 걸었지만 받지 않았다.

엄마로부터 전화가 왔다. 근처 학교 체육관에 피신해 있다며 나보고 괜찮으냐고 기운 없는 목소리로 물었다. 엉덩이에 멍이 좀 든 것 빼고 몸은 괜찮은데, 가게 물건들이 많이 파손되었다고 했다. 엄마는 가게 문을 닫고, 얼른 체육관으로 오라고 했지만 나는 집으로 가겠다고 했다. 휴대폰 손전등에 의지하여 어둑한 실내를 정리하고 셔터 문을 내렸다.

집에 도착해보니 우리 집은 멀쩡했다. 경주시 가옥 백여 채가 파손되었다는 기사가 인터넷에 보였다. 인근 초등학교 체육관에 마련된 임시 거처에서 돗자리를 깔고 앉아 있는 사람들 사진이 함께 떠 있었다. 경주시의 지진으로 저녁 7시 현재, 건물 27곳에 균열이 가거나 파손되었고 상수도관 40곳이 파손되었다고 했다.

여진은 계속되었다. 자다가 나뭇가지 서걱대는 소리에도 벌떡 일어나 메시지를 확인해야 했다. 전깃불은 새벽에야 들어왔다. 아침에 일어나, 동네에 나가보았다. 지나가는 사람들 하는 얘기가 지진뿐이었다. 언제 더 큰 지진이 올지도 모른다는 얘기가 한숨 사이로 흘러나왔다. 사람들의 눈자위가 거뭇하고 얼굴은 퍼석해 보였다.

처음으로 '이사'에 대해 생각했다. 초등학교 때부터 살아온 집은 햇수로 30년 가까이 된 집이었다. 다음 날, 엄마가 집으로 돌아오자 나는 이사 얘기부터 꺼냈다. 엄마는 손사래를 쳤다. 우리나라에서는 지진으로 인명피해까지 나지 않는다는 것이 큰 이유였고, 정든 이웃과 마을을 떠날 수 없다는 게 작은 이유였다. 그 순간, 이 참에 독립선언을 해보자는 생각이 머리를 스쳤다. 서른다섯 내 나이면, 독립하고도 남을 나이였다. 이왕이면 이 도시를 떠나고 싶었다. 엄마는 복잡한 표정을 지으며 내가 장가를 가면 독립시켜주겠다고 했다. 내가 한참 설득을 하자 어느새 엄마 눈자위가 붉어진 채 고개를 끄덕였다. 내가 무슨 말로 설득했는지는 기억이 나지 않는다. 가게를 처분하고 나자, 이사 준비는 일사천리로 이루어졌다. 갈 곳은 경주와 멀지 않으면서 대도시인 부산이었다. 무엇보다 지진의 큰 피해가 없었다는 것이 마음에 들었다.

현관문이 덜컹이는 소리에 눈을 떴다. 깜깜한 밤중이었다. 일어나 현관문에 있는 콩알만 한 렌즈를 통해 밖을 내다보았다. 복도엔 검푸른 어둠만 깔려 있었고 인기척은 느껴지지 않았다. 다시 자리에 누웠지만 머릿속은 오히려 청량한 기운이 싸하게 퍼졌다. 커피를 타서 TV를 켰다. 영화를 보는데 또 문을 두드리는 소리가 들렸다. 아까보다 더 크게 들렸다. 이번에는 걸쇠를 걸어놓고 현관문을 비긋이 열어보았다. 짙은 어둠이 안으로 들이닥칠 뿐, 어른거리는 형체는 없었다. 건물 구조적으로 방음이 되지 않는 거라고 결론을 내렸다. 어쩌면 경주에서 느꼈던 진동과 여진에 대한 불안감 때문에 환청을 들은 것인지도 몰랐다. 몸을 움츠려 잠자리에 누웠다.

눈을 떴을 때는 점심 무렵이었다. 몸이 천근만근 무거웠다. 이리저리 뒤척이다 겨우 일어났다. 블라인드를 열어 창밖을 보니, 낯선 산과 마을이 펼쳐졌다. 남의 집에 왔거나 여행이라도 온 느낌이었다. 식탁에 앉아 콩나물해장국 컵밥으로 요기를 하고 방으로 갔다. 덩그러니 놓인 책상의 첫 번째 서랍을 열어보았다. 전 세입자의 것으로 보이는 소지품들이 들어 있었다. 선글라스 두 개, 가죽 표지의 수첩, 필기구 등이 보였다. 두 번째 서랍 안에는 미니앨범, 우표 책, 담배 다섯 갑이 보였다. 맨 아래 서랍을 열었다. 스키장갑, 넥타이 핀 케이스, 반쯤 남은 A4 용지 묶음이 보였다. 전 세입자는 어쩌자고 책상 서랍도 정리하지 않은 채 이사를 갔을까. 급하게 이사를 한 것으로 보아 빚쟁이들 때문에 야반도주한 모양이었다.

두 번째 서랍에 든 앨범을 꺼냈다. 앨범 안에는 흑백사진이 스무 장넘게 들어 있었다. 어렸을 때의 사진이었다. 사진 속 아이의 나이는 중학생 정도로 보였다. 바다에서 찍은 사진, 집 앞에서 찍은 사진들이 많았다. 내 방에서 보이는 산에도 집들이 빼곡한 것을 보아, 이 도시에는 유독 산에 집들을 많이 지은 모양이었다. 언덕배기에 지은 이 도시의 집들과 골목들을 느릿느릿 누비는 버스 여행을 하고 싶다는 생각이 스쳤다. 책상서랍을 닫은 후, 거실로 왔다.

TV 뉴스에서는 필리핀으로 신혼여행을 간 부부의 실종 소식을 보도하고 있었다. 귀국 예정일이 두 달이 넘도록 연락이 닿지 않는다고했다. 그 부부의 부모나 형제자매들의 심장이 시퍼렇게 타들어가고도남을 시간이었다. 요즘 지구촌 어디서나 휴대폰은 필수품인데 왜 연락이 되지 않는지 의아스러웠다.

경주에서 3년 동안 휴대폰 기기 대리점을 운영했다. 대리점이 돈을잘 번다는 소문을 믿고 덜컥 시작한 일이었다. 처음 2년간 중소기업회사원의 두 배 되는 수익금을 손에 쥐었다. 집에서 상가 전세금을 지원해주어 월세 부담을 덜어주었다. 그즈음, 주변에 두 개의 대리점이문을 열자 고객의 수는 반 토막이 되었다. 새 대리점은 문 앞에 사은품을 산더미같이 재어놓고 지나가는 행인을 유혹하고 있었다. 나는 생활비를 겨우 건지는 수준이 되자, 대리점을 정리하는 걸 진지하게 고려했다. 지진이 일어나 파손된 물품 수리비가 백만 원 가까이 발생하자 가게를 더 유지할 명분을 잃어버렸다. 고객들의 제품에 대한 불만이 끊이지 않았고 계약 후 일주일 내 해지하는 고객이 열 명 중 한 명 꼴로 일어났다. 통신사 잘못으로 전화기에 문제가 생겨도 대리점으로 항의가 빗발쳤다. 모든 욕과 화풀이를 고스란히 들어주고, 최대한 부드러운 목소리로 진정시켜주어야 했다. 심지어 밤늦게 한 취객이 들어와 흉기를 들이밀며, 제일 비싼 폰으로 재계약을 요구하기도 했다. 마음을 차분히 가라앉히고 차근차근 설명을 하여 위기를 넘기기는 했지만 살얼음을 걷는 초긴장의 하루하루를 살아야 했다.

대리점을 3년 만에 처분하고 이사를 결정하자 새로운 삶의 지평으로 들어가는 느낌이었다. 당분간 아무 일도 하지 않고 쉬면서 천천히 일자리를 찾고 싶었다. 구름이 하늘 위를 어떻게 흘러가는지, 하늘의 색은 시간에 따라 어떻게 달라지는지, 비가 내리는 바다의 파도는 어떻게 철썩대는지를 두 눈에 오롯이 새기고 싶었다. 문명의 이기가 내 생활에서 진동하는 대신, 자연과 교감하는 소리가 내 안에 깊이 울리게 하고 싶었다.

인터넷으로 주문한 물건들이 차례로 배달되었다. 주방용 식기들, 책장, 소파 겸용 침대였다. 가재도구들이 제자리를 잡자, 집 안에 온기가 구석구석 배어드는 느낌이었다. 식기류를 세척하고 책장에 책들을 채우고 자잘한 소지품들을 서랍에 정리하는 동안 저녁이 되었다. 밥상을 차릴 때마다 뭘 해 먹어야 할지 고민이 스며들었지만, 혼자의 자유는 안온하고 신선했다. 내 앞에 펼쳐진 자유의 멍석에서 마음껏 지낸다면, 어느 왕족도 부럽지 않을 것 같았다.

잠을 자는데 인기척이 들렸다. 일어나 불을 켰다. 불빛에 드러난 사물들이 저마다의 색감, 질감을 드러내며 속삭이듯 말을 거는 듯했다. 소리는 방 쪽에서 들려왔다. 방에 가니, 웬 남자가 책상 서랍을 뒤지고 있었다. "누, 누…… 구…… 신…… 지……?" 잠긴 내 목소리가 바이브레이션으로 흘러나왔다. 남자는 휙 돌아보더니, "이 집에 사는 사람인데 당신이야말로 누구신지? 지금 자다가 봉창 두드려요?"라고 말했다. 나무 등걸을 갈아 씹어 먹는 듯한 거칠고 탁한 목소리였다. 그러고는 희멀건 눈동자를 나한테 들이댔다. "새로 이사 온 사람인데, 당신이야말로 지금 귀신 씻나락 까먹는 소리 하는군요. 당신은 혼령인가요?" 나는 받아쳤다. 남자는 "아, 나는 혼령이 아닙니다. 씻나락은 고사하고 쭉정이도 없어요."라고 하더니 서랍 속 물건들을 챙겨 박스에 담아 현관으로 갔다. 현관문이 스르르 열렸다 닫혔다. 심장에서 뜀박질하는 소리가 점점 커지며 온몸을 뒤흔들었다. 가슴을 손으로 문지르며 심호흡을 몇 번 했다.

베이지색 블라인드가 햇살에 투명하게 보였다. 눈을 뜨자, 눈자위가 따끔거렸다. 불현듯 지난밤에 보았던 낯선 남자 생각이 나서 방으로 갔다. 서랍을 열어보니, 물건들이 그대로였다. 꿈이었을까. 전에 살았던 남자의 혼령이 다녀간 건 아닐까. 속이 울렁거리고 머리가 지끈거렸다. 현관에는 걸쇠까지 채워져 있었다. 오피스텔 여주인에게 전화를 걸었다.

"전에 살던 사람은 대체 어디로 이사 갔나요? 책상은 왜 안 들고 갔죠?"

애써 차분한 목소리로 물었다.

"사정이 있어 그래요. 책상을 좀 보관하고 있어야 하는데, 뭐 힘든 게 있나요?"

주인 여자 목소리가 여전히 위압적으로 느껴졌다.

"아니, 그건 아닌데…… 좀 이상해서요."

더 얘기하려는데 전화가 끊겼다. 맥이 탁 풀렸다.

점심을 먹고 집을 나섰다. 버스를 타고 어디론가 가고 싶었다. 바다 구경을 하고 회를 한 접시 먹는 것도 좋을 것 같았다. 지나가는 남자에게 싱싱한 회를 먹으려면 어디로 가면 되냐고 묻자, 도로를 건너 버스를 타서 자갈치시장에 내리라고 했다. 20분을 달리니, 자갈치 시장에 도착했다. 버스에서 내려 시장 안으로 들어갔다. 어시장 좌판에 어른 팔뚝만 한 연어가 보였다. 감성돔과 우럭으로 회를 주문하여 2층 식당으로 갔다. 창가에 앉으니 바다가 보였다. 초장에 찍은 회를 몇 점 먹었을 때였다. 바다 위에 놓인 다리의 가운데가 뚝 갈라지며 한쪽이 서서히 위로 올라가는 것이 보였다. 지진인가, 의심되어 눈을 부릅뜨고 주변을 살폈다. 그 다리 외에는 아무런 변화가 없으니, 지진은 아니었다. 다른 테이블에 앉아 있는 사람들이 "영도다리 올라가는 시간이네." 라고 말했다. 다리는 어느 순간 멈췄다. 끊어진 영도다리 사이로, 큰 배 세 척이 차례로 유유히 지나갔다. 20분쯤 지났을까. 분리되었던 다리는 원래 자리로 돌아가기 위해 서서히 내려갔다. 다리 입구에서 현란한 불을 밝히고 있는 대형 백화점과 1930년도에 지어졌다는 다리가 묘한 대조를 이루었다. 회를 먹고, 밥과 매운탕까지 비우고 나자, 밖이 희붐한 보라색으로 물들었다. 도시의 소음과 분진이 모두 바다로 수렴되듯, 도시는 고즈넉해졌다. 영도다리 위로 전조등을 켠 자동차들이 분주히 드나들었고 사람들은 총총히 어딘가로 걸어갔다.

저녁이었다. TV 뉴스에서 신혼부부 실종 사건이 보도되고 있었다. 납치, 살해, 잠적, 이 세 가지 시나리오로 현지 경찰과 공조하여 수사 중이라고 했다. 현지 목격자뿐 아니라, 통신사의 협조 아래 수사를 진행하고 있다는 거였다. 여자 리포터가 얼굴이 모자이크된 여자를 인터뷰했다.

"언니가 처음 간 국외여행이었죠. 무척 들떠 있었고 생애 최고로 의미 있는 시간을 만들 거라고 했는데…… 이런 일이 일어났어요. 빨리 우리 언니와 형부 찾아주세요. 너무 황당해서……."

여자의 목소리는 결국 울음조로 변해버렸다.

"혹 짐작 가는 일은 없나요? 누군가에게 원한을 산 일이라도 있었나요?"

"납치당하거나 살해당할 만한 일은 절대 없어요. 형부도 그렇고요. 언젠가 반드시 돌아올 거예요. 반드시요."

울음 섞인 목소리였지만, 소리를 또렷하게 내기 위해 안간힘을 쓰는 듯했다. 여자는 마지막 말에 특히 힘을 주었다.

다음 날 TV 뉴스에도 신혼부부 실종 사건이 나왔다. 수사에 진전이 없는지 연도별 해외 실종 사례를 도표로 그려 분석을 내놓는가 하면 예상되는 모든 경우를 예로 들어 설명하고 있었다. 여론조사기관인

고려리서치에 의뢰하여 사례별로 제시하기도 했다. 무사 귀환 21.5%, 사망 52.9%, 실종 18.6%, 모름 6.9%였다. 여론 발표에 이어, 실종 분석 전문가가 출연하여 앵커와 대담을 나누기도 했다. 방송에서 이런 자료를 발표한다고 행적이 묘연한 부부가 돌아올 것 같지는 않았다. 이역만리 타국에서 한국 방송을 볼 것도 아닐 테니까. '그랬다면 진작 돌아왔겠지.' 나는 혼자 구시렁거렸다. 늦은 저녁을 먹는데 휴대폰이 진동을 했다. 친구의 메시지였다.

'야, 부산에서 발생한 신혼부부 실종 사건 알고 있지? 생환 여부를 두고 우리 내기 해볼래?'

'인마, 난 관심 없어. 그렇게 할 일이 없냐?'

더 이상 메시지는 오지 않았다. 여기 놀러 온다 하고는 차일피일 미루는 녀석이었다. 리모컨으로 영화 채널로 돌리는데, 복도에서 현관문을 잡아당기는 소리가 나더니 곧 초인종 소리가 들렸다. 문을 열어보니, 내 또래의 남자가 서 있었다. 그는 나를 보고 놀라는 표정으로 눈을 치켜뜨더니 누구냐고 물었다. 그걸 내가 왜 그쪽에 말해야 하냐고 되받아쳤다. 모르는 집에 함부로 초인종을 누르는 건 실례가 아니냐고 말했더니 남자가 피식 웃었다. 전에 살았던 사람과 동창이라며 잠시만 집 안을 확인하겠다고 했다. 나는 인상을 풀고 고개를 끄덕였다. 남자는 스스럼없이 들어오더니 소파에 털썩 앉았다.

"미안해요. 이렇게 빨리 이사 올 줄은 몰랐거든요. 아무도 없는 줄 알고 들렀는데……."

"이사를 가면, 이사 오는 게 당연지사죠. 아까는 화를 내서 미안해요. 차 한잔 할래요?"

"혹시 맥주 있어요? 시원한 맥주 마시고 싶은데…… 그런데 아까 깜짝 놀랐어요. 진수랑 닮아가지고."

"그래요?"

나는 냉장고에서 캔 맥주 두 개를 꺼내 탁자에 올리고 맞은편에 앉았다. 남자는 목이 탔는지 맥주를 벌컥벌컥 들이켰다. 마신 캔을 탁자에 놓더니, 남자의 표정이 갑자기 일그러졌다.

"진수가 이렇게 될 줄…… 설마하니… 누가 알았겠어요? 흐흑…… 내가 더 잘해주는 건데. 그때 이백만 원 빌려달라는 걸 못 줬어요. 친구끼리 돈 거래하는 것 아냐, 인마. 이러면서요. 그쪽도 좀 마시죠. 흐흑……."

남자의 흐느끼는 소리가 거슬렸다. 나는 맥주를 입에 가져갔다.

"근데요, 남의 집에 와서 왜 울어요? 여기 울려고 왔어요? 나 참……이건 좀 심하잖아요. 남자가……."

"여기 오니까 진수 생각이 간절해져서요. 미안해요. 진수의 형이 살림살이를 급하게 싣고 갔다는 소식을 듣기는 했지만. 월세가 아까웠나. 그래도 그렇지, 여기가 우리 아지트였는데……."

남자는 손등으로 눈두덩을 문지르며 말했다.

"진수가 여기 살았어요? 그런데 왜요?"

"정말 몰라요? 뉴스 안 봐요? 여기 살다가 신혼여행 갔는데 실종되었잖아요."

"네? 실종되었다는 부부가 여기 살았단 말인가요? 오 마이 갓. 주인 여자가 아무 얘기를 안 해서…… 난 그런 사연이 있는 줄도 모르고……."

"와, 갑갑하네."

동창은 슬픈 표정을 싹 거두고, 처음 표정으로 돌아와 있었다.

"너무 걱정 말아요. 두 달 되었다고 했지요? 곧 돌아오겠지요."

"진수가 여기서 자취하다 신방이 되었어요. 돈을 아껴 나중에 집 사서 나간다 했거든요. 추억이 있어 들렀는데…… 사실 그 친구에게 부채가 좀 있어요. 비밀 지켜달랬는데…… 신부도 모르는 빚이 좀 상당히 있어요. 여자가 워낙 쫓아다녀서 결혼했거든요."

"뭐, 채무와 실종이 무슨 연관이라도 있다는 거요?"

"모르죠. 아니라고 믿고 싶지만. 너무 많은 얘기를 주절거렸네요. 이만 실례했어요."

남자가 맥주 캔을 손아귀로 움켜 일그러뜨렸다.

"우리, 오늘 초면인 거 맞죠."

"그렇죠, 뭐."

동창은 대답하면서 옆에 벗어놓은 점퍼를 챙겨 들었다. 내가 손을 내밀자, 그가 히죽 웃으며 손을 맞잡았다. 동창은 현관 밖으로 나가 어두운 복도를 허청허청 걸어갔다.

주인 여자가 뭔가 비밀을 감춘 듯 얼버무리던 모습이 떠올랐다. 실종 부부가 살았던 집에 산다는 생각을 하자, 갑자기 집 안에 괴괴한 냉기가 흐르는 것 같아 소름이 끼쳤다. 지구 어느 구석을 떠돌고 있을지도 모르는 두 남녀의 체취가 남아 있는 방에 내가 살고 있는 것이다.

몸이 오그라들며 부르르 떨렸다. 주인 여자가 솔직히 얘기하지 않은 것은 월세를 돌려받을 사유가 충분히 될 것이다. 하지만 지진이 일어난 것도 아니고, 실종자가 날 괴롭히는 것도 아니다. 그런데 내 몸은 자꾸 떨고 있었다.

집에서 나와 버스를 기다렸다. 아무 버스나 타고 가다 종점에서 내릴 작정이었다. 좌석이 많이 비어 있는 버스가 오기에 올라탔다. 20분간 타고 가니, 종점이었다. 버스에서 내려 도로를 따라 허적허적 걸어가니, 커다란 컨테이너들이 많이 보였고 그 사이로 바다가 보였다. 통운회사 빌딩들이 죽 도열해 있었다. 반대편으로 도로를 건넜다. 마을 안으로 들어가보았다. 마을의 집들은 마치 50, 60년대처럼 낡아 보였다. 요즘 대도시에 이런 집들이 있다는 게 신기했다. 한 모퉁이에 '공중화장실'이라고 적힌 건물이 있는 걸로 보아 화장실조차 없는 집들이 많이 있는 모양이었다. 컬러사진들 속에 끼어 있는 흑백사진을 발견한 느낌이었다. 다닥다닥 붙은 골목 안으로 들어갔다. 나지막한 집들 사이로 특이해 보이는 집들이 눈에 띄었다. 삼각형 지붕에 2층의 절반은 바둑판 모양으로 판자가 잇대어져 있었고, 나머지 절반은 창문이 나 있었다. 골목골목을 다니는 동안, 어느새 허기가 느껴지고 다리가 무지근했다.

버스를 타고 다시 집으로 왔다. 현관문을 여는데 옆집 문이 빼꼼 열리더니, 누군가 고개를 내밀고 나를 쳐다보았다. 내가 마주 보자 헉, 하며 황급히 문을 닫았다. 고개를 갸웃거리며 집 안으로 들어갔다. 대체 왜 그러는지 궁금했다. 여기로 이사 온 게 무슨 죄나 지은 것처럼 이상한 눈초리로 나를 쳐다보는 게 불쾌했다. 이사 온 후로, 휴대폰에서 울리는 벨 소리는 현저히 줄었고 진동음도 잘 울리지 않았다. 내가 바로 원하던 생활이었다. 진동이 일어난다는 건 일상에 스크래치를 남기는 일이었다. 스크래치는 균열을 만들고, 마침내 몸과 집을 흔들고 생활까지 흔들기 마련이었다. 지금, 또 다른 진동이 내 주변에서 스멀스멀 일어나는 느낌이었다.

산책을 하려고 트레이닝복으로 갈아입고 나갔다. 문을 열자 웬 여자가 서 있었다. 대학생이나 사회 초년생으로 보였다. 목덜미를 덮은 생머리에다 청바지 위에 하늘색 점퍼를 걸치고 있었다. 여자가 헉, 소리를 냈다.

"누, 누구세요?"

여자가 당혹스러운 표정으로 물었다.

"왜 그렇게 놀라세요? 여기 사는 사람인데요."

"언니 집이었는데…… 집에 잠시 들어가서 뭐 좀 확인해도 되나요?"

"뭘 확인하는데요?"

"언니 짐을 좀 찾으려고요. 너무 갑작스러워 진정이 안 되네요. 금방 나올게요."

"그러세요."

문을 열고 들어가려는데, 복도 저만치서 사람들이 웅성거리는 소리가 들렸다. "저 남자야, 맞지? 이상하다 했어." 내가 그쪽으로 돌아보자, 내 얼굴을 뚫어져라 보고는 삽시간에 흩어져버렸다. 여자와 함께 집 안으로 들어갔다. 여자는 이리저리 가재도구를 살피더니, 방으로 갔다.

"형부 책상이 그대로 있군요. 형부가 아끼던 건데……."

여자가 책상을 오른손으로 쓰다듬으며 울먹거렸다. 여자가 거실로 나와 나를 봤을 때, 눈시울이 붉어져 있었다.

"언니 물건이 하나도 없어요. 흔적이라도 찾아보려 했는데……."

"이사 갔으니까요. 커피 한잔 할래요?"

나는 포트 스위치를 올리며 물었다. 여자가 소파에 앉아 등을 붙였다.

"그러면 고맙죠. 아침에 갑자기 언니가 생각났어요. 이 방에 와보고 싶더라구요. 그새 세입자가 들어오다니 말도 안 돼. 곧 돌아올지도 모르는데. 이러면 안 되지."

여자가 마지막 말에 화를 내며 힘을 주었다.

"저, 그게요……. 내 잘못 아니거든요. 난 아무것도 모르고……."

"그쪽 보고 한 소리 아니거든요. 누가 이삿짐을 옮겼는지 알아요?"

"이사는 남자의 형이 했다고 들었어요."

"형부의 형이 짐을 옮겨 갔군요. 집세 때문이겠죠. 그래도 그렇지."

여자는 화가 풀리지 않는 듯, 참새처럼 입술을 뾰족하게 내밀었다. 물이 끓어 믹스커피를 머그컵에 두 잔 타서 탁자에 놓았다. 여자는 컵을 가만히 쓰다듬었다.

"걱정이 크지요? 확인이라도 되면 좋을 텐데요."

"두 달 지났다고, 다들 죽었을 거라고 하는데 어떻게 그래요. 어젯 밤에도 언니가 꿈에 나타나서 돌아올 거라고 했어요."

"……."

여자는 아직도 커피를 마시지 않고 컵을 쓰다듬고 있었다.

"커피를 좋아하지 않나 보군요."

"그냥, 온기가 좋아서요. 사실 아메리카노를 마시고 싶지만……."

"미안해요. 원두커피가 없어서요. 혹시 뭐 짚이는 데라도……?"

여자는 복잡한 표정을 지으며 입술을 질근 깨물었다. 한참 뜸을 들이더니, 입을 떼었다.

"초면에 이런 얘기 꺼내기 그렇긴 한데요. 언니에게 옛 애인이 있었어요. 헤어진 후에 언니를 자꾸 스토킹했거든요. 이번에도 몰래 따라갔는지 모르죠. 거기서 형부와 언니를 해코지했는지도. 아니면 왜 돌아오지 않을까요?"

"글쎄요. 왜 헤어졌지요?"

"이건 비밀인데요. 언니가 칠 년간 사귄 사내 커플 남자가 있었죠. 그 남자가 다른 지방으로 파견되어 가면서 사이가 벌어졌어요. 언니는 형부와 우연히 영화관에서 몇 번 마주쳤는데 사실 대학 서클 선후배 사이였대요. 다시 만나게 되면서 사랑에 빠졌고, 일 년 열애 끝에 결혼했죠. 옛날 애인은 언니를 놓아주지 않았구요."

"그래서 신혼여행지까지 쫓아간 게 아닌가, 추측하는 거군요."

여자가 황망한 표정으로 나를 보더니, 커피를 단숨에 마시고 자리에서 일어났다. 근처를 지나갈 때 가끔 들러도 되냐고 여자가 물었다.

나는 피식 웃으며 고개를 끄덕여주었다. 여자는 어둡던 얼굴을 살포시 펴며 문을 열고 나갔다.

밤이었다. 잠이 드는가 싶었는데 부스럭대는 소리가 들렸다. 소리는 방 쪽에서 들렸지만 일어날 기력이 없었다. 소리는 환청처럼 귀를 갉작였고 나는 밤새도록 자다 깨다를 반복했다. 창이 희끄무레 밝아올 무렵 욕실에서 세수를 하고 나오니, 정신이 좀 들었다. 먼지조차 숨죽인 방 안은 괴괴한 침묵이 가라앉아 있었다. 잠들면 어디선가 부스럭대는 소리에 잠을 설쳤고, 깨어나면 마주치는 적막이 섬뜩했다. 남자의 책상은 이 세상의 어떤 소란에도 아랑곳없이 오롯이 빛나고 있었다.

저녁을 먹은 후, 책을 펴 들었다. 『홀로 있는 시간을 찾아서』라는 제목이었다. 읽으려고 샀다가 차일피일 미루던 터였다. 휴대폰 가맹점을 운영할 때도 고독하지 않은 건 아니었다. 새 기종의 폰을 개통하려는 고객들이 줄을 잇고, 불평을 늘어놓는 전화가 쉴 없이 울려도 고독한 건 마찬가지였다.

오후에 소파에 앉아 커피를 마시고 있을 때였다. 초인종 소리가 울렸다. 오피스텔 관리소장이었다. 잠시 얘기 좀 해야겠다며 들어왔다.

"요즘, 이 집 때문에 온갖 소문이 나돌고 있다는 걸 자네는 알고 있나? 인터넷 뉴스에 댓글이 수백 개가 달리고 있다는데?"

"무슨 소문요? 제가 소문까지 다 파악하고 다녀야 해요?"

"허허 참, 부부 중에 남자만 살아 돌아왔고, 여자는 오리무중이다.

남자가 살해했을지도 모른다. 이런 헛소문이 인터넷에 마구 떠돌아다 닌다 말이야."

기가 막혔다. 얼른 짐을 싸서 고향으로 가고 싶었다. 지진이 없는 도시를 찾아왔지만, 지진보다 더한 진동이 내 생활을 몇 겹의 층위로 에워싸고 있는 듯했다.

"자네가 처신을 잘하란 말이야. 그 실종 남자가 아니라는 걸 밝혀야 하지 않겠나. 반박하는 글을 올리든지 해서."

소장이 얘기를 하면서 내 등을 세 차례 두들겼다. 한 문장에 하나씩 이었다. 처음과 두 번째는 살짝 두드린 거였지만 세 번째는 힘이 들어 갔는지 욱신거렸다. 억, 소리치며 고개를 숙이고 오른팔을 등 뒤로 올 려 아픈 쪽을 만지는 동안, 소장은 사라져버렸다. 주민에게 깍듯이 대 해야 할 관리소장이 오히려 폭력이나 행사하다니, 생각할수록 속이 부글부글 끓어올랐다.

다음 날, 아침 일찍 역으로 나가 투어버스를 탔다. 사람들과 부딪치 는 게 싫어 종일 시내를 돌아다니다 밤늦게 귀가하는 식으로 사흘을 보냈다. 귀찮은 방문을 받지 않으니, 나만의 시간을 온전히 가질 수 있 어서 좀 살 것 같았다.

어느 날 아침, 요즘의 동향을 물어보려고 관리실로 갔다. 소장은 누 군가와 전화를 하다, 날 보더니 황급히 전화를 끊었다. 그렇지 않아도 집으로 인터폰을 했지만, 받지도 않고 전화기는 꺼져 있더라는 것이 다. 앞에 있는 의자에 앉아보라고 했다. 실종 남자가 정신 나간 상태로 시내를 배회하고 있다는데, 왜 자꾸 소문을 만들어내냐며 눈을 부라렸다. 나를 골똘히 쳐다보는 소장의 눈동자가 분노로 이글거렸다. 나는 한숨을 내쉬었다. 고요한 수면이 돌을 만난 것처럼, 내 가슴은 소용돌이치고 거품이 일었다.

"소장님은 내가 누군지 잘 아시면서 그런 얘기를 하세요? 그럼, 나는 외출도 못 해요?"

나 역시 이글거리는 눈으로 소장을 쏘아보았다.

"자네가 지금 한가하게 그럴 때야? 그럴 때냐고!"

소장이 자리에서 벌떡 일어나 나에게 팔을 휘둘렀다. 내가 재빨리 피하는 바람에 소장이 엉거주춤 넘어진 꼴이 되었다.

"너무 걱정 마세요."

나는 한마디를 내뱉고는 재빨리 건물 밖으로 나와버렸다.

내가 SNS를 수시로 들여다보고 그에 맞는 대응을 빨리 했다면 사태를 키우지 않았을지도 모른다. 나는 그 남자와 조금 닮았을 뿐이며 새로 이사 온 사람이고, 그 남자는 아직 돌아오지 않았다고 말했다면 말이다. 내일쯤 경찰서에 찾아가 내 입장을 전하고, 경찰이 그걸 밝히면 소문은 진정될 것이다. 걱정할 필요 없다고 마음을 다독였다.

아침 설거지를 하는데 밖이 시끄러웠다. 이어 노크 소리가 들렸다. 문을 여니, 경찰 복장을 한 남자가 서 있었고 주변에 사람들이 웅성대고 있었다.

"무슨 일이지요?"

"잠시 실례하겠습니다."

경찰은 성큼 안으로 들어오더니, 경찰 신분증을 보여주고는 수첩을 꺼냈다.

"이 집에는 언제부터 살았어요?"

"이제 보름 되었어요."

경찰이 내 얼굴과 차림새를 찬찬히 살폈다.

"실종된 남편이 돌아왔다는 전화가 경찰서에 빗발치고 있어요. 확인차 왔는데, 대체 신부는 어떻게 된 거요? 정신이 오락가락한다는 제보도 있었고, 보름이 아닐 텐데……."

열려있는 현관문의 틈으로, 옆집 TV에서 나오는 소리가 들렸다.

속보를 말씀드리겠습니다.

"아니…… 제 얘기를 안 믿는 겁니까? 나는 그 남자, 진수가 아니고 장선욱이란 말입니다. 집주인과 전화 연결해드릴까요?"

나는 신분증을 꺼내 경찰에 내밀었다.

드디어 실종 부부와 연락이 닿았다는 필리핀 현지 소식이 들어왔습니다. 부부는 시골 오지를 다녔는데, 기지국이 없어 전화 연락을 못 했다고 합니다.

"집주인은 무슨…… 우리가 다 확인했고. 신랑이 신부를 살해했다는 둥, 주변 사람들 불안이 이만저만 아닌 데다 빨리 구속하라는 민원이 폭주하고 있단 말입니다. 경찰이 한가한 것도 아니고 말이지."

경찰은 신분증을 보는 둥 마는 둥 하고는 돌려주었다.

부부는 시간이 그만큼 흘렀다는 걸 몰랐다며 곧 한국으로 귀국하겠다는 의사를 밝혔다고 합니다. 현지에 나가 있는 김수진 특파원 연결하겠습니다.

"무슨 증거가 있나요? 부모님을 모시고 오면 될 것 아닙니까?"

"그 말을 어떻게 믿냐는 말이지."

할 말이 없었다. 부모님이 내려온다면, 모든 혐의에서 풀려날 수 있으리라. 소장은 왜 날 위해 한마디 변호도 안 하는 건지, 모든 게 의문 투성이었다. 경찰은 내 사진과 집 내부 사진을 찍고 돌아갔다. 내가 이사 온 후로 세상이 이상해진 게 분명했다. 이사와 이상의 글자가 한 끗 차이라서 그런지도 몰랐다.

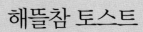
해뜰참 토스트

해뜰참 토스트

1

    도시철도 해정역 5번 출구로 나온다. 4미터 되는 폭의 인도는 장사치들로 인해, 도로 폭이 절반으로 줄어 보인다. 깻묵, 망개떡, 각종 장아찌와 젓갈들이 좌판 위에 가득 늘어서 있는가 하면, 제철 과일들이 소쿠리에 담겨 일렬로 줄지어 있다. 새 나라가 다가온다는 내용의 전단지가 꽂혀 있는 광고판 앞에는 특정 종교 신도의 두 여자가 제복을 입은 채 서 있고 바닥에 혁대들을 가득 늘어놓고 앉아 있는 상인도 보인다. 나는 좌판이 도열한 인도를 유유히 통과하여 해뜰참 토스트로 들어간다. 미단이를 찾아다닌 지 한 시간째다. 집 주변 상가와 근처 쌈지공원을 한 바퀴 돌았지만 미단이처럼 보이는 여자는 없다. 아침 출근길에 미단이가 해뜰참에서 간단히 요기를 한다는 말을 들은 적이 있다. 미단이는 내가 예전에 하던 분식집 이름이 해뜰참 분식이었다고 하는데 나는 왜 그런지 기억에 없다. 안으로 들어가 찾아보아도 미단이는 보이지 않는다. 밖에서는 오뎅, 김밥, 떡볶이, 토스트를 서서 먹는 사람들이 보이지만, 안으로 들어서면 더 넓은 공간에 편하게 앉아서 먹을 수 있는 테이블이 몇 개 놓여 있다. 한쪽 구석에는 커피자판기가 보인다. 바쁜 직장인들이나 학생들이 오가면서 한 끼 해결하기에 안성맞춤이다. 핫바와 치킨강정도 한 코너를 차지하고 있다. 팬 위의 계란틀 안에 야채를 넣어 버무린 계란이 들어가고 한쪽에는 슬라이스 햄이 구워진다. 적당히 익은 계란과 햄을 식빵 위에 올리고 치즈도 하나 올린 다음 키위 소스를 뿌린다. 주인 여자는 식빵 하나를 그 위에 덮어 종이로 싼 다음, 앞에 있는 손님에게 건넨다. 미단이는 대체 어디로 간 걸까?

보름 전이었다. 아침에 미단이가 황급히 나를 깨웠다. 무거운 눈꺼풀을 간신히 밀어 올려 눈을 뜨고는, 몇 시인데 나를 깨우느냐고 물었다. 출근 준비 하는데, 왜 아침이 준비되지 않았냐고 딸애는 인상을 쓰고 나를 타박했다. 나는 놀라서 벌떡 일어나 앉았다. 어제 드라마를 보다 늦게 잠들었더니 세상모르게 잤네. 아침을 못 챙겨서 어떡하지? 아냐, 엄마 피곤할 텐데. 내가 알아서 할게. 미단의 말에 나는 고개를 끄덕이고, 다시 자리에 누웠다. 그때부터 딸애는 나더러 시간감각이 이상하다고 했다.

며칠 전에는 잠을 자다 일어나 주방에서 식사 준비를 하는데 덜그럭거리는 소리에 깬 딸애가 밖으로 나왔다. 새벽 두 시인데 벌써 무슨 아침 준비냐고, 눈을 비비며 푸념했다. 세수할 때 치약을 얼굴에 문지르다, 냄새를 맡고 재빨리 씻어버리기도 했다. 신문지와 스티로폼이 섞여 있는가 하면 병과 캔이 뒤죽박죽 섞인 재활용 쓰레기를 내놓는 바람에 경비 아저씨로부터 엄한 질책을 받았다. 그때부터 분리수거는 미단이 차지가 되었다. 나이 육십이 넘으면 누구나 겪는 건망증이라고 딸애에게 일렀지만 딸애는 나를 보며 심각한 표정으로 고개를 절레절레 저을 뿐이었다. 딸애는 출근길에 해정역 근처에 있는, 해뜰참 토스트에서 간단하게 아침을 해결하기로 했다고 말했다.

2

오후에 식탁에 앉아 믹스커피를 한 잔 마신다. 커피 한 잔이 치매를 예방한다고 미단이는 나에게 커피를 한 잔씩 꼭 마시라고 했다. 그 애는 커피가루를 사놓았는데 나는 그게 너무 쓰기만 해서 믹스커피를 마신다. 달콤한 커피 액이 혀를 사르르 적실 때, 베란다로 비쳐드는 햇살과 함께 나른한 밀월에라도 빠진 듯 나는 슬몃 웃음을 베어 무는 것이다. 한순간의 달콤한 밀월을 위해서라면, 치매가 좀 진행되더라도 무슨 상관이랴. 찻잔을 정리하고 외출 준비를 한다. 공중목욕탕에 갈 참이다.

목욕탕을 나와 집 근처 마트에서 몇 가지 부식 재료를 사서 집으로 돌아온다. 문이 조금 열려 있다. 정신이 없어, 문을 잠그지 않고 나간 것이리라. 요즘의 내 행동을 보고 딸아이는 치매라고 단정 지으며 당장이라도 병원 진료를 받아야 한다고 했다. 매일 커피를 꼭꼭 마시는데 무슨 치매라고 그러는 건지. 우리 나이에 이 정도의 증세는 흔히 있는 일이다. 좀 더 정신을 바짝 차리고 메모를 해서 실수하지 말아야 한다. 소파에 앉아 숨을 고른다. 미단이가 곧 돌아올 시간이라 식사 준비를 서둘러야 하지만, 딱히 밥맛이 일지 않는다.

미단에게서 전화가 걸려와 어디냐고 물어서 나는 집이라고 대답한다. 딸애 목소리에 다급함이 묻어나고 숨소리가 거칠다. 딸애가 연거푸, 어디냐고 묻고 나는 또 집이라고 대답한다. 방금 집에 와서 엄마가 안 보여 전화를 건 것이라며 애가 숨넘어가는 소리로 말한다. 나는 더 큰 소리로 "여기가 집이라니깐" 하고 외친다. 대체 애가 어디 숨어서 안 보인다는 말인가. 우리가 숨바꼭질이라도 하는 것인가. 딸애가 어디 잘못 들어간 것일 테다. 내 목소리 안 들려? 한 옥타브 올려 소리 지른다. 딸애 목소리가 숫제 흐느낌으로 변하고 있는데, 집 안 어디서도 그 소리는 들리지 않는다. 전화 목소리는 또록또록 들리는데 말이다. 빨리 집에서 나와 가까운 경비실로 들어가 있으면 10분쯤 후에 다시 전화를 걸겠다고 딸애는 말한다. 나는 전화를 끊는다.

미단이가 명령하는 대로 따를 수밖에 없다. 내가 잘못한 것이 없지만, 딸애를 만나 자초지종 따질 일이다. 내가 집을 잘못 찾아온 것인가. TV, 소파, 식탁, 우리 집의 것과 똑같다. 안방으로 들어가 보니, 그제야 뭔가가 다르다는 게 느껴진다. 장롱과 침대가 다르다. 가슴이 철렁 내려앉는다. 밖으로 나가서 호수를 보니 506호가 아닌, 508호이다. 나는 고개를 절레절레 저으며 엘리베이터를 타고 내려간다. 경비실

쪽으로 걸어가는데, "엄마!"라고 부르는 딸애 목소리가 들린다. 딸애가 내 손을 덥석 잡고 흐느낌을 쏟아낸다. 나는 실수였다고 얘기하지만, 딸애는 더 큰 소리로 흐느낄 뿐이다. 이게 울 일인가, 웃을 일이지. 내가 일부터 큰 소리로 웃는데 딸애의 심각한 기색은 좀처럼 누그러지지 않는다. 딸애가 내 손을 꽉 잡고 5, 6라인 쪽으로 들어간다. 미단아, 거실이 똑같았다니깐. 그래서 내 집인 줄 알았지 뭐니? 그럴 수도 있는 일이야. 딸애는 아무런 말을 하지 않는다.

집이 너무 반가워서 왈칵 눈물이 나오려 한다. 딸애는 진정했는데 이제는 나에게서 흐느낌이 새어 나온다. 나는 애써 누그러뜨리며 주방으로 가서 밥솥을 꺼낸다. 엄마, 우리 그냥 시켜 먹자. 저녁 지을 정신도 없을 거잖아. 나는 짬뽕 먹을래. 엄마는? 그래, 나도 사실 밥맛이 뚝 떨어졌네. 자장면 시켜. 딸아이가 전화기로 중국집으로 전화를 걸어 주문을 하고는 내 얼굴을 빤히 쳐다본다. 엄마, 이제 앞으로 어떻게 할 거야? 하는 물음표가 얼굴에 잔뜩 그려져 있다. 치매 증상을 갖고 있는 엄마를 둔 딸의 표정이 저런 것일까. 곤혹과 걱정이 엉킨 채 눈꺼풀이 바르르 떨리기까지 하는 것 같다. 아무리 정신 줄을 놓고 살아도, 딸애의 표정이 달라지는 건 금방 알아챌 수 있다. 인터폰이 울리고 주문한 음식이 왔다. 짬뽕을 먹는 딸애 얼굴이 땀으로 얼룩져 있다. 면발을 꼭꼭 씹다가도 휴, 한숨을 내쉬는 게 여러 차례다. 갑자기 볼펜을 들고 수첩에다 끼적거리기도 한다. 오랜만에 먹는 자장면이 꿀맛이다.

장바구니와 목욕소쿠리가 생각난 것은 미단이 중국집 그릇을 밖에 내어놓을 때다. 아, 미단아, 내 장바구니를 그 집에 두고 왔는데 어떡하지. 지금 가지러 가면 되겠지. 나는 현관으로 나간다. 미단이 따라 나선다. 같이 가, 엄마. 혼자 어떻게 찾으려고? 7, 8라인의 엘리베이터를 타고 5층으로 올라가 508호의 문을 열려고 하니 문은 잠겨 있다. 인터폰을 누르고 주인이 나오자, 미단이 사연을 말한다. 답답할 정도로 딸애는 자세하게 얘기한다. 주인 여자가 깜짝 놀라는 걸 보면, 아직 그 장바구니가 있다는 걸 몰랐다는 얘기다. 여자는 입을 딱 벌리며 머리를 끄덕이며 안으로 들어간다. 여자가 장바구니와 목욕소쿠리를 내민다. 미단이 연거푸 죄송하다고 말하며 머리를 조아린다. 주인 여자는 손님을 배웅하느라 급히 나갔으며, 금방 돌아올 거라 문을 잠그지 않았다고 한다. 모녀가 점잖은 분 같네요. 그럴 수도 있는 일이죠. 주인 여자가 배시시 웃으며 들어간다. 미단이, 한숨을 휴, 내쉬고는 말한다. 엄마, 주인을 잘 만났어. 깐깐한 성격이었다면 그냥 있겠어? 도둑 취급할지도 모를 텐데 잘 해결돼서 다행이야. 실수할 때도 있는 거지. 그 정도는 이해해주는 게 이웃사촌의 정이지. 나는 딸애에게 눈을 흘기며 얘기한다.

집으로 온 미단은 제 방에 들어가 손바닥만 한 수첩을 들고 나오더니, 그것에다 집 주소, 자신의 연락처, 내 연락처, 은행 가서 공과금 내는 날, 시장 갈 때 타는 버스 노선, 집으로 가는 버스 노선 등 알아야 할 것을 깨알같이 적어준다. 그 수첩을 늘 들고 다니는 작은 손가방에 넣어주고는 가방을 바꾸지 말라고 부탁한다. 엄마, 알았지? 애, 그딴 걱정 안 해도 돼. 내가 알아서 잘 할 거야, 라고 나는 능친다.

3

요즘 들어 옛날 일기장을 펼쳐보는 습관이 생겼다. 일을 그만둔 뒤로 내 시간이 많아졌고 일기를 보며 옛날을 회상하다 보면 어느새 저녁이 되곤 한다. 이 시간이 결코 아깝지 않고 감미롭다. 마치 그 시절이 가까이 있기라도 하듯 흠뻑 빠져들고 그때의 행복감에 젖어들 수도 있는 것이다. 대학 다닐 때, 외국어학원에서 우연히 박재윤을 만나 사랑에 빠지고, 졸업 후에 그와 결혼을 한 기록도 남아 있다. 언젠가 미단이 방의 책상에서 『슬픈 짐승』이라는 책이 있어 낮 시간에 심심풀이로 읽었다. 그 책에 나오는 여자 주인공도 사랑한 남자와 보냈던 시절에 대한 추억으로 시간을 보내고 있었다. 얼마나 반가웠는지 모른다. 아련하고 그리운 시간을 회억하며 보낼 수 있다는 건 분명 축복이고 행복이다. 소파에 앉아 노트를 펴서 뭔가를 써보려고 볼펜을 잡는다. 이제부터 떠오르는 생각이나 감정, 매일 일어나는 일들을 꼼꼼히 적어볼 생각이다. 잊어버리지 않기 위해서는 뭐든지 꼼꼼히 적어놓을 필요가 있다.

"미단이 왔구나. 점심 차려줄게. 국수 삶아 먹을까."

"엄마, 점심이 아니고 저녁이야. 창밖에 어둑해지는 것 안 보여?"

"저녁이라고? 점심이든 저녁이든 밥은 먹어야지."

나는 밖을 흘깃거린다. 점심이건 저녁이건 뭐 어떠랴. 미단이는 요즘, 내 말 한마디로 꼬투리를 잡고는 병원에 가야 하지 않냐고 호들갑을 떤다. 내가 했던 말을 몇 번 반복하기라도 하면, 눈을 휘둥그레 뜨고 마치 날 정신질환자로 몰려고 한다. 가족이라고는 달랑 둘뿐인데,

나이 들수록 고립되는 것 같아 서럽기만 하다. 남편인 박재윤을 자꾸 생각하는 것도 그래서인지 모른다. 그는 미국에서 학위를 받았고 자리를 잡으면 연락을 주기로 한 것이다. 딸애는 학교에서 조퇴를 맡더라도 함께 병원에 가서 검사를 받자고 하지만, 나는 거기에 갈 생각이 없다. 딸애의 과민반응일 뿐이다. 딸애는 정말 아무것도 모른다. 나는 주방으로 가 국수를 삶고 멸치로 국물을 만들고, 그 위에 끼얹을 고명을 만든다.

"미단아, 국수 다 됐어. 너, 여직 옷도 안 갈아입고 거기 앉아 있었어?"

"잠시, 한숨 돌리느라고."

미단은 대답과 함께 곧장 일어난다. 식탁에는 녹차국수가 놓여 있다. 계란, 당근, 버섯, 김 등의 고명이 알록달록하다. 양념장을 끼얹어 젓가락으로 휘저어 미단이 한 술 먹고는 아, 맛있다, 라고 고개를 끄덕인다. 내가 만든 음식을 미단이 맛있게 먹을 때, 내 표정이 제일 행복해 보인다는 것을 미단은 알고 있다. 밥만 맛나게 잘 먹어도 아플 일이 없어. 어릴 때, 식탁에서 빠지지 않고 해준 말이었다. 반찬이 맛없어도 미단이 한마디 불평을 안 한 것도 그 때문이리라.

저녁을 먹고 거실에서 TV를 보는데, 미단이가 애들이나 갖고 노는 장난감 통을 들고 온다. 바닥에 놓고 박스를 열어 내용물을 꺼내니, 한 뭉치의 카드와 종이 나온다. 학교에서 교사가 교탁에 올려놓고 치는 종이다. 미단은 직장인 학교에서 종을 치는 것도 모자라 집에서도 종을 치고 싶어 한다. 이거 어디서 가져왔냐고 물으니 어릴 때 갖고 놀던 '할리갈리 게임'이라고 한다. 그런데 왜 내 기억 속에 남아 있지 않는지 모르겠다. 내가 하루 종일 집에서 아무것도 안 하니, 학교놀이라도 하면 내 머리에 녹이 스는 걸 막는다고 생각한 게 틀림없다. 카드는 사과, 포도, 멜론, 바나나 등 과일 그림이 종류별로 한 개부터 다섯 개까지 그려져 있다. 미단이가 카드를 반으로 나누어 각자의 앞에 놓는다. 두 사람이 동시에 카드를 하나씩 앞으로 펼치면서 게임이 진행되는데, 상대방의 카드와 내 카드의 과일 그림 개수를 합쳤을 때 같은 과일이 다섯 개가 되면 종을 치라고 한다. 번번이 미단이가 먼저 종을 치고 카드를 다 가져가버린다. 나는 약이 바짝 오른다. 내가 다섯 개를 맞추고 처음으로 종을 쳐서 카드를 딴다. 게임에서 이긴다는 건 사소한 기쁨을 준다. 나는 계속 종을 치고 내 앞에 카드가 수북이 쌓인다. 승리자가 된 기분이다. 엄마가 이겼어. 미단이가 날 보며 활짝 웃고 카드를 마구 뒤섞는다. 2라운드가 시작되고, 이번에도 나는 기어코 승리자가 된다. 나이가 든다고, 이런 유치한 게임조차 젊은 아이에게 지라는 법은 없다. 나는 여전히 두뇌가 명석하다. 서울의 유명 대학 출신인데, 그 머리가 어떻게 되었을 리 없는 것이다. 미단은 매일 카드게임을 하자고 제안하고 나는 못 이기는 척 실죽 웃으며 고개를 끄덕여준다.

4

토요일이다. 미단이가 함께 드라이브를 가자고 한다. 새벽 호수를 보기로 하여 우리는 눈을 비비며 새벽길을 나선다. 맵찬 바람이 머리칼을 흩뜨린다. 엷어지는 어둠의 기운과 여명의 기운이 함께 길에 깔린다. 미단이 가속페달을 밟는지, 차의 속도가 점점 빨라진다. 새벽의 고속도로에 차량 불빛들이 반딧불처럼 떠 있다. 하늘에는 희끔한 그믐달이 떠 있다. 마지막 잔광을 뿌리며 아침의 태양빛에 곧 사라질 그믐달이 처연해 보인다. 졸음이 밀려와 선하품이 나온다. 밤에 잠자는 시간이 줄어들고, 그 대신 낮에 졸음이 많은 탓이다. 미단이가 스피커 볼륨을 높이자, 잠이 확 달아나버린다. 얼마나 남았니? 삼십 분이야. 동이 터오는 창밖을 무심히 내다본다.

내가 대학생이었을 때 박재윤을 조수석에 태워 드라이브를 간 적이 있다. 그 당시 자동차는 흔치 않았지만 대학생이 된 기념으로 부모님한테 자동차를 선물 받은 것이다. 박재윤과 결혼할 생각에 파리 유학도 포기했다. 30년 후의 내가 이런, 구차한 모습으로 살아가리라고 상상이라도 했을까. 미단이가 어릴 때 우리 가족은 자동차를 타고 여행을 자주 떠났다. 주말 아침이면 호수에도 자주 드나들었다. 박재윤이 미국으로 떠나면서, 우리는 갑자기 가난의 소용돌이에 휩쓸렸다. 그후 미단과 나는 늘 뭔가가 부족한 듯 서로의 얼굴만 쳐다보며 살아왔다. 얼굴만 보면, 그 부족한 것이 메워지기라도 하듯 말이다.

"엄마는 아빠를 용서해? 난 절대 못 해."

"얘가, 왜…… 아빠가 어쨌다고. 한번 아빠는 영원한 아빠인 거야."

호수가 다가오니 박재윤이 생각난 걸까. 미단이 불쑥 박재윤에 대한 기억을 상기시킨다. 딸애의 말이 내 속의 내밀한 통각을 건드린다.

"난 어릴 때, 아빠가 보고 싶을 때마다 내 방에 콕 박혀 어릴 적 아빠 사진을 보며 아빠 얼굴을 수없이 그렸어. 엄마가 볼까 봐 그림을 책상 밑 깊숙한 곳에 숨겨놓았어. 아빠 그림이 많아질수록 언젠가 돌아올 거라 믿었거든. 이사 갈 때 엄마가 그것을 몽땅 불질러버리지만 않았어도 아빠는 돌아올 수 있었다고."

"아빠 공부가 좀 길어졌을 뿐이잖아. 곧 돌아올 거야. 미단아, 우리는 다시 예전처럼 살 수 있단다."

내 얼굴을 쳐다보는 딸애의 표정에는 가소롭고 어이없다는 의미가 깔려 있다. 아닌가, 차라리 달관한 듯한 표정인가. 저럴 때의 미단은 내 딸이 아닌, 딴 사람 같기만 하다. 미단에게 박재윤이라는 이름은 가슴을 두드리고 날카로운 빗금을 긋고 지나가는 번개인지도 모른다. 바깥은 빛살이 터져 여명이 환하게 비치고 있는데 내 시야는 잠시 촉촉하게 흐려진다. 나는 마음을 다잡는다. 미단의 아빠, 박재윤은 곧 돌아올 것이고, 우리는 다시 옛날 가족처럼 살아갈 것이니깐.

미단은 호수 앞에 차를 세운다. 호수에서 물안개가 희부옇게 피어오르고 있다. 미단과 나는 호숫가를 천천히 걷는다. 호수는 은빛 물비늘로 반짝거리고, 그 위로 우윳빛 물안개가 자욱하다. 지나온 일들이 희뿌연 입자가 되어 물안개 속에 산산이 흩어지는 것 같다.

"미단아, 호수가 오랜만이지. 내 마음이 맑아지네. 우리는 더 이상 걱정 안 하고 살 수 있단다. 정말 기쁘지?"

딸애는 생각에 잠긴 듯 말이 없다. 손을 잡고 호숫가를 한 바퀴 돌고 우리는 집으로 돌아온다.

5

슈퍼에 가서 김밥 재료와 떡볶이 재료를 사 들고 온다. 미단은 내가 해준 김밥, 떡볶이를 좋아했다. 박재윤이 사라진 뒤부터 나는 식당에서 김밥을 말거나 떡볶이를 만들었고, 남은 것을 집에 들고 왔던 것이다. 그때, 식당 이름이 '해뜰참 분식'이었다고 딸애는 말했다. 박재윤이 공부하는 기간은 터무니없이 길어졌고, 아이는 아빠를 조금씩 잊어갔다. 두 식구의 생계를 위해, 무엇이든 닥치는 대로 일을 해야 했다. 유학파가 아닌 불문학과 졸업장은 쓸모가 없었다. 분식집에서 일하고 학습지 교사와 마트 계산원을 전전했다.

어묵을 길게 썰어서 볶고, 오이, 당근을 김밥 길이로 자르고, 맛살을 찢어놓는다. 계란을 풀어 두껍게 구워 길게 자른다. 냉동실에 있는 김을 꺼내, 불에 살짝 구워 도마에 펼친다. 참기름과 소금으로 간을 한 고들고들한 밥을 김 위에 펴 바르고, 다른 재료를 차례로 올린 다음 마지막으로 모차렐라 치즈를 뿌린다. 미단은 어릴 때부터 치즈김밥을 좋아했다. 팬에 물을 붓고 고추장 양념장을 섞는다. 물이 끓고 떡볶이 떡과 파, 삶은 계란을 넣어 버무린다. 2인분 김밥과 떡볶이를 그릇에 담아놓는다. 미단이 오랜만에 보는 음식을 보고, 어떤 표정을 지을지 궁금하다.

미단이 돌아온다. 식탁에 차려놓은 음식을 보고 내 표정부터 살핀다. 우와, 맛있겠다. 엄마가 김밥, 떡볶이를 다 만들고, 웬일이야? 갑자기 옛날 생각이 나서. 엄마가 식당에서 가져온 김밥, 잘 먹었잖아. 미단아, 아빠가 돌아올지도 몰라. 학위도 받았고 이제 대학에서 교수 자리도 얻었을 거야. 미단은 아무 말이 없다. 식탁에 마주 앉아 저녁을 먹던 미단이 나를 바라보더니 이내 침울해졌다. 미단아, 왜 그래? 미단의 눈시울이 빨개지더니, 눈자위가 촉촉하다. 남은 건 나중에 먹을게. 미단의 목소리가 소나무 옹이처럼 거치적거린다. 수저를 놓은 미단이 욕실로 들어가버린다. 나는 혼자서 김밥과 떡볶이를 꾸역꾸역 먹는다. 미단의 입맛이 그동안 변한 모양이다.

박재윤이 성장한 미단이를 보고 얼마나 좋아할 것인가. 알맞게 살이 오른 몸매에 아빠를 닮아 큰 키, 학교에서 교사 생활을 하는 것을 알면 춤이라도 덩실덩실 출 것이다. 박재윤을 위해 방을 하나 비워야 할 것이다. 그에게는 서재가 필요할 테니까. 가구점에 가서 박재윤이 쓸 책장이랑, 사무용 책상과 의자를 사야겠다. 돈이 없지만, 카드로 결제하고 한동안 절약하며 허리띠를 졸라매면 될 것이다. 우리 식구를 위해, 이보다 더 기쁜 일이 어디 있단 말인가.

6

저녁 시간이다. 오늘은 미단이를 위해 삼계탕을 끓인다. 요즘 아이 얼굴이 해쓱한 걸 떠올리며, 인삼도 넉넉히 넣고 약재를 넣어 한방 삼계탕을 무지근히 달인다. 출근길에 전철역 주변에서 토스트 한 조각을 먹고 간다는데, 그걸로 한나절을 버티다니, 애가 안쓰럽다.

미단이가 돌아와 식탁에 마주 앉는다. 나는 많이 먹으라고 연신 손짓하는데 미단이는 며칠 전에 있었던 일을 미주알고주알 일러바치는데 더 열을 올린다.

"책을 읽고 토론하는 독서모임이야. 주인공 여자가 아내가 있는 남자를 사랑하는데 그 사랑이 절절하고 아름답다고 하는 부류와 불륜의 사랑을 미화하고 사회적 질서를 어지럽힌다고 하는 부류로 나뉘었어. 남자는 여자와 사랑을 나누다가도 밤 열두 시가 되면 집으로 돌아가는 거야. 그럴 때, 남자를 보내야 하는 그 여자의 심정은 어떨까?"

"미단이 넌, 어느 쪽이었어?"

나는 내가 궁금한 것을 되묻는다.

"남자는 그 여자를 사랑하면서도 의무감으로 집으로 가잖아. 그게 더 잘못된 거야. 왜 사랑을 기만하는 걸까. 두 여자를 더 고통스럽게 하는 거라고."

"집에 있는 여자가 한사코 떠나지 않으려고 한 것일지도 몰라. 그 남자는 두 여자를 사랑하는 것이 자신의 의무라고 생각한 것 아닐까. 두 여자가 동시에 행복할 수 있는 방법인지도 모르잖아."

"엄마는 어땠어? 아빠가 원래의 본부인에게로 돌아갈 때 심정이 어땠냐고."

"얘가 지금 뭐라는 거야? 네 아빠는 미국 유학 갔잖아. 곧 돌아올 거야. 미단이 네가 뭘 몰라. 그렇게 일렀건만."

나는 매서운 눈으로 딸애를 호되게 나무란다. 내 얼굴에서 화르르 열이 올라온다. 날 쳐다보는 미단이 얼굴 표정에 묘한 빛이 어른거린다. 눈물이 핑 도는 얼굴을 아래로 내려뜨리고는 수저를 들고 삼계탕만 먹는다. 나도 따라 수저를 든다. 우리는 식사가 끝날 때까지 말없이 밥을 먹는다. 미단이가 먼저 수저를 놓고 제 방으로 조용히 들어가버린다. 미단이는 언제 누구 말을 들었는지, 자꾸 아빠가 본부인에게 갔다는 말을 꺼낸다. 미치고 환장할 노릇이다. 내가 엄연히 박재윤과 결혼하고 미단이를 낳았는데, 대체 어디에 본부인이 있단 말인가. 박재윤은 꿈을 이루기 위해, 유학을 간 것이다. 그 꿈은 내 꿈이기도 하다.

　대학 다닐 때, 집에서는 파리 유학을 권했지만 나는 박재윤과의 결혼을 위해 포기했다. 나에게 그 꿈은 아직 남아 있다. 박재윤은 우리 두 사람의 꿈을 위해, 기꺼이 유학을 갔고 나는 박재윤에게 고마움을 느끼는 것이다. 미단이는 우리를 이 모양으로 만든 게 아빠, 박재윤이라고 하는데 나는 지금의 내 생활에 불만을 느끼지 않는다. 지난 시절을 돌아보며 그 사람과의 사랑을 추억하는 것도 행복하고, 미단이와 셋이서 알콩달콩 살았던 시절을 회상하는 것도 즐겁기만 하다. 생활이 넉넉지 않지만, 알뜰하게 아껴 쓰면 약간의 저축도 할 수 있다. 더구나 박재윤이 곧 돌아올 테니, 뭐가 걱정이랴.

7

미단이가 맡긴 신용카드를 들고, 시내 백화점으로 간다. 박재윤이 쓸 방에 들일 책장과 책상을 사기 위해서다. 그 외에도 필요한 속옷이랑, 집에서 입을 간편한 복장도 몇 벌 구입해야 한다. 7층 가구점에 가니, 딱 마음에 드는 책상과 책장 세트가 보인다. 참나무 재질에다 아래 칸에 여닫이문이 있는 수납함도 붙어 있어 실용적으로 보인다. 나는 서슴없이 카드를 내밀고 계약을 한다. 배송은 일주일 걸린다고 여직원이 웃으면서 얘기한다. 나는 만족한 표정을 지으며 계약서를 가방에 넣고 가구점을 나선다. 속옷 매장으로 가서 잠옷과 속옷을 구입하고 차를 마시러 간다.

찻집에는 중년 여성들이 끼리끼리 앉아 수다를 떨며 앉아 있다. 빈자리를 겨우 하나 찾아 히비스커스차를 시킨다. 붉은색의 차를 천천히 음미하는데 박재윤의 목소리가 들린다. "색깔이 곱고 맑아 보이는군. 뭐랄까, 정열적이면서도 깔끔한 느낌이야. 당신의 마음도 그렇잖아." 나는 핏, 웃으며 수긍도 반대도 아닌 표정으로 그의 눈을 살짝 흘긴다. 내 앞에는 박재윤이 앉아서 커피를 마시고 있다. 백화점에서 쇼핑한 후, 영화를 보고 저녁까지 먹고서 우리는 차를 마시는 중이다. 늘 세련된 내 모습을 칭찬하고 행복해하던 박재윤의 얼굴에 언젠가부터 초조한 기색이 나타나기 시작했다. 시계를 보던 박재윤이 갑자기 "잠시만" 하고 나갔다. 그는 30분이 지나도록 돌아오지 않았다. 돌아온 그는 급히 전화할 데가 있어, 공중전화부스에 다녀왔다고 한다. "이제 일어날까." 그의 말에 우리는 차를 타고 집으로 갔다. 그 후에도 박재윤은 갑자기 집으로 돌아오지 않는 날들이 많았다. 집에 있다가도 불쑥 나가서 한두 시간 있다가 돌아오기도 했다. 가끔씩 그의 얼굴에는 불안하고 초조한 기색이 떠오르기도 했다.

20년 만에 그가 집으로 돌아오면, 그가 좋아하는 음식을 준비하고 둘이서 블루스를 출 것이다. 그때와 달라진 건 없다. 우리는 다시 새로운 출발을 할 것이다. 다만, 성인이 된 딸애가 옆에 있다는 것, 달라진 건 그것뿐이다.

8

미장원에 가서 머리에 매직 스트레이트파마를 하고 온다. 박재윤이 금방 날 알아보게 하기 위해 필요한 일이다. 옛날 앨범을 들고 와서 머리를 비교해보니 비슷해 보여서 기분이 좋아진다. 나는 앨범 사진을 넘겨본다. 여섯 살 미단을 사이에 두고 우리 셋은 함께 손을 잡고 공원을 거닐었다. 때로는 공룡박물관에도 가고, 치즈마을에도 갔다. 미단은 엄마, 아빠의 손을 꽉 잡은 채 두 다리를 휘영청 올렸다. 미단은 늘 손 그네를 해달라고 졸랐다. 아이가 붕 뜰 때마다 박재윤과 나는 마주보며 깔깔거렸다. 또 다른 사진은 미단이 유치원 학예회에 찍은 거였다. 아이는 검은색 옷에 황금색의 레이스를 잔뜩 붙이고, 춤을 추었다.

박재윤은 꽃다발을 들고 학예회가 끝날 무렵에 왔고 미단이 순서를 놓친 것에 대해 아쉬워했다. 학예회가 끝나고 우리는 바닷가 2층 횟집에서 밥을 먹었다. 그때의 철부지 미단이를 내가 얼마나 훌륭하게 키웠는지 박재윤에게 똑똑히 보여줄 것이다. 박재윤이 아이를 몰라볼 게 뻔한데 나까지 몰라본다면 그런 낭패가 없다.

미단이 집으로 온다. 딸애는 내 머리를 보더니, 젊어 보이지만 뭔가 어색하다고 한다. 미단아, 네 아빠가 미국에서 오는데 이 정도의 노력은 보여야지 안 그래? 미단은 입을 삐죽거리며 고개를 가로로 젓고 표정까지 비틀어 보인다. 미단은 매사 걱정이 많고 부정적인 경향이 있다. 지금도 기간제 교사의 재계약이 안 될까 봐 불안해하고 초조해하는 것이다. 나는 미단의 반응에 아랑곳없이, 내 계획을 얘기한다. 박재윤이 귀국하는 날에 우리가 준비할 이벤트와 그날의 음식, 옷차림에 대해서. 미단은 시큰둥한 표정으로 날 잠시 바라보기만 한다. 미단에게 앨범에 있는 가족사진과 박재윤의 사진을 보여준다. 아이 마음을 돌려보기 위해서다. 앨범을 차례로 넘기고, 내가 탄성을 지르는 걸 보고도, 미단의 표정은 굳어 있기만 하다. 오히려 더 따가운 눈길로 나를 노려본다. 딸애가 앨범을 빼앗아 책장 안에 아무렇게나 꽂아버린다. 내가 다시 잘 꽂아두라고 일러도 말을 듣지 않는다. 미단의 얼굴이 붉은 열기로 가득하다. 정색을 하고 내 어깨를 꽉 누르며 자신의 맞은편에 앉힌다.

"엄마, 똑똑히 들어. 박재윤이 유학 갔다는 말 거짓말이야. 내가 아홉 살 때 그 사람 떠났는데 아직 공부하고 있는 게 말이 돼? 이십 년이 넘게 유학하고 있다는 말을 누가 믿냐고! 사실은 우리를 버리고 본처에게로 갔단 말이야. 어렸을 때, 명절에 친척들이 하는 얘기 다 들었어. 엄마가 유부남과 산다는 얘기였어. 난 그때 무슨 얘기인지 몰랐지만 아빠가 떠나고 나서 다 이해가 됐다고. 그 사람 떠나고 우리가 얼마나 가난에 허덕이고 고생했는지 몰라? 우리를 이 모양으로 만든 장본인이 박재윤인데, 앙갚음해도 시원찮을 판에 우리에게 돌아오길 기다려? 미쳤어, 정말. 아직 엄마는 꿈속을 헤매고 있는 거라고. 제발 정신 좀 차려."

미단은 아빠라 부르지 않고 '박재윤', '그 사람'으로 지칭하는데 기함을 할 판이다. 세상에, 아빠를 남같이 부르다니.

"엄마, 아직도 모르겠어?"

미단이 울음 섞인 말을 내뱉고는 집 밖으로 나가버린다. 화가 난 나는 안방으로 들어온다. 화장대에 비친 내 얼굴과 머리를 뚫어져라 쳐다본다. 눈가 주름살이 자글거리고, 기미가 거뭇하지만 곱게 화장을 하면 사진의 얼굴과 비슷해질 것이다. 그래도 나이 들어 보이면, 성형외과를 찾아서라도 기어코 예전 모습으로 만들고야 말 것이다. 박재윤이 좋아했던 그 얼굴로.

화장대 위에는 블루멜로우라는 허브차가 예쁜 병에 담겨져 있다. 박재윤이 결혼기념일에 사 들고 온 것이다. 그때의 허브인지, 나중에 새로 사들인 허브인지는 정확한 기억이 없다. 뚜껑을 열자, 허브향이 은은히 방 안을 떠돌고 있다. 눈을 감고 훈향을 맡아본다. 마치 그가 내밀었던 허브차를 지금 마시고 있는 듯한 착각에 빠진다. 정신이 몽롱해진다. 파란색의 꽃잎이 들어간 물은 조금씩 동심원을 그리며 파란색으로 변해간다. 박재윤은 레몬을 가져와 내 잔에다 레몬을 짜 넣는다. 파란색은 이내 분홍색으로 변한다. 당신은 이 색이 더 좋지? 감미로운 그의 말처럼 맛은 고소했지만 뒤끝은 씁쓸하다. 분홍색이 우러나 찻잔은 분홍색의 물로 찰랑였다. 나는 곧 연거푸 재채기를 하여 몸속 향기를 내뱉는다.

미단이 늦는다. 전화를 받지도 않고 메시지를 보내도 답장이 없다. 하는 수 없이 카디건을 걸치고, 집 밖으로 나간다. 딸애란 시집갈 때까지는 안심을 할 수가 없는 법이다. 밤늦은 시각에 귀가하지 않으면 걱정은 더 커진다. 밤바람이 싸늘한 게 밤 외출이 오랜만이다. 딸애는 어두워지면 나더러 나가지 말라고 당부했다. 집 주변과 공원을 한 시간 가까이 찾아다녀도 딸애는 보이지 않는다. 나는 아침에 딸애가 요기하려고 들른다는 해뜰참 토스토로 들어간다. 입간판에 토스트, 떡볶이, 김밥, 오뎅이라고 적혀 있다. 학생과 직장인으로 보이는 손님들 네댓 명이 그 앞에 모여 서 있다. 미단이는 보이지 않는다. 나는 빈자리로 성큼 들어간다. 70대로 보이는 노파가 김밥을 말고 있다 나를 힐긋 쳐다본다. 어서 와요. 여기 처음이죠? 오뎅이 맛있겠네. 그럼, 어서 먹어봐요. 저 안에 자리가 있으니 앉아서 드세요. 오뎅을 먹고 국물까지 남김없이 다 마셨는데 미단이는 연락이 없다. 이윽고 손님들이 하나둘 떠나고 아무도 없다. 주인 여자와 나, 둘뿐이다.

　가게 문을 닫으려고 분주히 움직이는 주인 여자에게 박재윤에 대한 얘기를 주절주절 늘어놓는다. 미국에 유학을 가서 박사학위를 받은 유능한 사람이란 것을 자랑한다. 아이가 아홉 살 때 미국에 간 남편이 내일 올지도 몰라 미장원에 갔다고 얘기한다. 내 나이가 얼마쯤으로 보이냐고 묻자, 50대 같다고 한다. 어쩜 저렇게 나이를 가늠할 줄 모를까. 이 머리는 30대에 어울리는 머리다. 박재윤이 날 몰라볼지도 모르니까 이 머리 모양으로 바꾼 것이라고 말해준다. 주인 여자가 눈을 흡뜨고 웃는다. 내 머리 모양이 어떠냐고 물어보니, 엄지 척을 하며 고개를 끄덕인다. 역시 공들인 보람이 있다. 남편은 개선장군처럼 금의환향하고 우리는 나란히 서서 사진도 찍을 것이다. 미단이가 귀국 환영 파티를 잘 열어줄 것이다. 멋지고 세련되게.

　밤은 점점 깊어가는데 미단이는 대체 어디로 간 것일까.

북 리뷰어

송정을 지날 무렵, 차량은 정체되기 시작했다. 관광단지로 개발되는 지역이라 도로는 주말이면 정체가 극심한 곳이었다. 성탄절이 멀지 않은 금요일 저녁이기 때문에 더할 것이다. 고속도로로 가지 않고 바다의 한 자락이라도 보려고 해안도로로 진입한 것이 실수였다. 오른편 식당가와 왼편의 전원주택 단지를 벗어나자 대형 쇼핑몰과 바닷가에 접한 호텔이 보였다. 기장을 벗어나 일광으로 향하자 소통이 그나마 순조로웠고 즐비한 카페나 음식점들 사이로 동해안 바다가 드문드문 드러났지만 곧 어둠이 삼켜버렸다. 임랑해수욕장을 지난 지 3분만에 목적지에 도착했다는 내비게이션 멘트가 흘러나왔다. 나는 지인의 별장 앞에 차를 세웠다.

"여기예요? 와, 멋져라. 바다를 품은 전원주택이네요."

"어둑해서 잘 보이지 않지만, 낮에 보면 장관이겠네요. 공기가 달라요. 공기가."

웨이브와 손톱이 한마디씩 던지며 내렸다. 손톱은 들뜬 표정으로 사위를 휘 두리번거렸다. 그동안 회원들의 친분을 도모할 시간이 부족했는지 뭔가 서먹함이 느껴졌다. 나는 차량 트렁크에서 술과 안주가 든 종이 백을 꺼내 들었다. 나머지 회원들도 각자 소지품을 든 채 서 있었다. 대문을 열고 안으로 들어갔다. 인적이 뜸한 탓인지, 집은 캄캄한 적요와 냉기 속에 묻혀 있었다. 흰색 외벽의 단층으로 된 주택은 소박하고 규모도 작은 편이었다. 마당 구석에 데크로 된 바비큐장이 보였고 자그만 정원에는 사과나무 두 그루가 보였다. 서너 명의 식구가 머물면 딱 맞을 아담한 가정집이었다. 나는 두어 번 정도 들른 적이 있었는데 집주인과는 문학 행사에서 만나 알게 된 사이였다.

일행과 함께 실내로 들어가 스위치를 올리자, 집 안의 사물들이 환하게 드러나며 따스한 빛을 발했다. 거실에는 소파와 테이블, TV가 보였고 세 개의 방은 문이 굳게 닫혀 있었다. 거실 구석에 있는 북유럽풍의 전기 페치카는 스위치를 켜자 잠시 후, 불꽃이 올라와 분위기를 격조 있게 돋우어주었다. 회원들이 테이블 앞에 앉아 각자 가져온 음식물을 꺼내 올렸다. 도로의 가로등이 없는 탓인지 거실 창으로 보이는 산야가 캄캄하게 보였고 드문드문 차량 전조등이 비쳐들었다. 나는 주방으로 가서 접시와 와인 잔, 포크 등을 찾아왔다. 자리에 앉아 와인 오프너로 와인의 마개를 열었다. 와인 두 병, 케이크, 스모크 치즈와 연어, 딸기, 카나페, 나초와 아몬드, 생수 네 병이 테이블을 장식하자 분위기가 제법 그럴듯했다. 모자가 케이크에 불을 붙였다. 손톱이 꽃다발을 나에게 내밀었다.

"이수북 님, 『완벽한 영혼』 책 출간을 축하드립니다."

꽃다발을 받게 될 줄은 생각도 못 했다. 책 선물이 오히려 부담을 주었나 싶어 신경이 쓰였다. 두 사람이 박수를 쳐주었다. 나는 머쓱한 표정으로 촛불을 껐다.

"아이고 이런, 난 단지……. 암튼 고맙게 받을게요. 마음 편히 이 시간을 즐기도록 해요."

"언젠가 와인파티를 열고 싶었는데, 송년회와 출판기념회를 겸해 정말 멋진데요. 작가님 덕분에요."

웨이브가 환한 미소를 띠며 말했다. 나는 흡족한 표정으로 목례를 하고 와인을 들었다.

"이 와인 산지는 프랑스 보르도 뽀이약입니다. 값비싼 건 아니지만 그럭저럭 마실 만할 겁니다. 향을 잘 맡아보세요. 포도 자체에서 나오는 향인 아로마는 어떤지, 발효하고 숙성된 만큼 나오는 부케는 어떤지. 꽃향기는 백 리를 가고, 술 향기는 천 리를 가고 사람 향기는 만 리를 간다는 말이 있지요. 오늘 술 향기, 사람 향기가 오래 기억될 수 있는 시간이 되면 좋겠네요. 먼저 와인을 한 잔씩 마시며 담소를 나누고, 시의 향기도 맡아봅시다."

박수 소리가 들렸다. 와인을 차례대로 따랐다. 네 개의 잔이 모두 채워지자 모두 잔을 올렸다.

"백 여사와 모임을 함께 하며 인연을 맺었지만, 우리가 자기소개도 제대로 안 한 채 반년을 끌어왔지 않습니까. 오늘 이 자리를 통해 인간적으로 가까워질 것 같은데요. 설마 수북 님이 나중에 우리에게 곤란한 부탁을 한다거나, 수북 님의 추한 면모가 천하에 드러나는 일이 있는 건 아니겠지요. 하하, 농담이구요."

와인 잔을 내려놓으며 모자가 나를 흘끔대며 빠르게 말을 쏟아냈다. 농담 안에 가시가 숨어 있는, 모자 특유의 어법이었다. 나는 기분이 살짝 상했지만 상관없다는 듯 히죽 웃었다.

백 여사는 '전통차와 함께하는 시 낭송' 모임을 매주 수요일 오전 10시에 열었다. 장소는 자신의 집이었다. 60평 규모의 백 여사 집은 차방을 겸한 전통차 강의실을 갖추고 있었다. 그곳에서 숲을 바라보며 차를 마시다 보면 세속의 묵은 더께가 씻기고 청정한 기운이 영혼에 스며드는 느낌이었다. 그녀는 '차를 차답게, 시를 시답게'를 외치는 예술가였다. 시집을 두 권 낸 시인이었고 전통차 연구회를 이끌어가고 있었다. 늘 단아한 개량한복을 입고 화사한 미소를 머금으며 회원들을 맞았다.

"이 차는 우롱차랍니다. 향을 먼저 맡은 다음, 입안에서 궁글리며 맛을 보고 목을 축여보세요."

백 여사의 낭랑한 목소리가 귓전을 간질였다. 촉촉하고 구성진 시구와 웅숭깊은 전통차를 음미한 회원들은 어느새 평온하고 지적인 얼굴로 달라졌고, 대화 또한 품격을 지키려고 애썼다.

"주제와 관련 없는, 사사로운 질문이나 수다는 금물이에요. 외모에 대한 언급도 피해주세요. 시에 대한 진솔한 소감이나 차를 음미하고 그 향훈을 우리 입술에 채워야죠. 그러다 보면 무미건조한 우리 감성이 예술적 향취로 말랑말랑해질 거예요. 잡담으로 겉돌기 시작하면,

그 다음은 불 보듯 빤하죠."

백 여사는 첫 시간에 강한 어조로 얘기했고, 회원들은 흡족한 표정으로 고개를 끄덕였다. 딸이 출산하여 산후조리를 돕기 위해 백 여사가 미국 LA로 떠나게 되어 전통차 모임은 한 달 전에 중단되었다.

"모자님, 무슨 말씀을…… 부탁이라뇨? 아무 부담 갖지 마세요. 난 그저 우리 회원들이 서먹한 듯하여 자유로운 소통을 하면 좋을 것 같은 생각에서 이 모임을 제안한 거랍니다."

내가 모자를 보며 말을 하다, 웨이브와 손톱에게로 눈길을 돌렸다. 웨이브는 미소를 지었고, 손톱은 고개를 끄덕였다.

"맞아요. 우리가 개인적인 얘기는 통 나누지 않았죠. 자기소개도 못 했구요. 그래서 사실 궁금했거든요. 다들 어떤 분들인지……."

웨이브가 얘기를 마치고 왼손으로 목덜미의 웨이브 진 머릿결을 훑었다. 일순 레몬과 라벤더가 뒤섞인 향이 희미하게 공기 속에 흘러들었다.

"제가 먼저 할게요. 작가로 소설 쓴 지는 십 년 되었어요. 주로 무협이나 대중소설을 쓰구요. 대학 졸업 후 대기업 연구소에 취직하여 칠 년간 근무했는데 작가에 대한 꿈을 버리지 못해 사직하고 이 길을 걷고 있지요. 인간은 자신이 하고 싶은 일을 하며 살아야 한다는 걸 실감하고 있답니다."

내가 간단한 소개를 마치고 와인을 한 모금 마셨다.

"수북 님은 소설만 써도 가족 생계를 책임진다는 얘기군요. 나는 대학 강사인데 이번 강사법 개정으로 채용되지 못했어요. 하는 수 없이 저녁에 대리기사를 뛰고 주말에는 농장에 가서 일을 하여 겨우 생활비를 벌고 있지요. 아, 너무 동정 어린 눈으로 보지 말아요. 곧 다음 학기가 돌아오니까요."

모자는, 얘기하는 동안 찌푸린 자신의 표정을 펴고 미소를 지었다. 모자의 미소에서 억눌린 분노가 느껴졌다. 그의 길어 보이는 콧대 위 눈동자는 누구를 바라본다기보다 도전과 항변의 빛이 스며 있었다. 그는 자신의 음습한 표정을 가리기 위해 모자를 쓰는지도 모른다. 모자가 리뷰를 올린 것일까. 그럴지 모르지만 웨이브와 손톱에게도 가능성이 있었다. 나는 의심의 표정을 드러내지 않으려고 애를 썼다.

"웨이브 님과 손톱 님도⋯⋯."

내가 두 여자를 번갈아 보며 말했다.

"전 그냥 전업주부예요. 애들이 좀 크고 손길이 많이 안 가니 이런 저런 강좌 쇼핑이 취미가 되었답니다. 도자기 공예, 오카리나, 라인댄스 등을 했고, 아직 배울 것도 많이 남았답니다."

웨이브는 나긋한 목소리로 말하고는 까르르 웃었다. 그녀의 얼굴은 자랑스러움을 드러내려 하지만 '실은 내가 뭘 원하는지 잘 모르겠어요. 뭘 해도 만족이 없고 성에 안 차네요.' 하고 말하는 것처럼 보였다. 그녀의 이름처럼 머릿결이 풍성해 보이는 것도 심약한 자신의 내면을 감추려는 게 아닐까. 늘씬한 키, 투명하게 번들거리는 낯빛, 또렷한 이목구비, 어깨에서 찰랑거리는 웨이브 진 머리칼은 그녀의 헛헛한 내면을 감추기에 완벽해 보인다. 논리 정연한 리뷰는, 글쎄? 무리가 있어 보였다.

"짐작했을지 모르지만, 저는 네일 아트숍을 운영하고 있어요. 지난번 대화방에서 사진 보내드렸죠. 남의 손톱만 들여다보고 있으면 내 세계가 고작 손바닥, 아니 손등과 손톱이라는 생각에 허탈해지지만, 그 작은 것이 내 생계를 책임진답니다. 나름 예술가랍니다."

손톱은 알록달록한 무늬의 자신의 손톱을 내려다보고는 양손을 맞비비다 오른손 왼손을 번갈아 뒤집으며 말했다.

"예술가 맞지요. 나에게는 글을 쓰는 타이핑의 도구인데, 손톱 님은 오히려 손톱을 예술적으로 승화한다는 생각에 경의를 표합니다. 그 예쁜 손으로 음식도 잘하실 것 같고 글을 쓴다면 훌륭한 글이 나올 것 같은데요."

나는 속으로, 손톱이 사실은 남을 할퀴고 찌르는 도구도 된다고 생각했지만, 그걸 말할 수는 없었다. 책을 좋아해서 리뷰는 올릴 것 같지만, 나에게 호의적인 태도가 의심을 거두게 만든다. 얼핏 소박하고 유순해 보이는 내면을 가리려고 저토록 화려하고 뾰족한 손톱으로 무장하는 걸까.

"어머, 음식은 그럭저럭 하구요. 책은 좋아하지만 글쓰기는 안 해요. 일기 정도면 모를까. 어쨌든 이수북 작가님이 존경스럽네요."

자기소개가 진행되는 동안, 분위기가 부드러워지고 경계심이 허물어지는 느낌이었다. 백 여사와 시 낭송 할 때의 진중하고 격조 높을 때와는 사뭇 다르다. 나는 세 사람을 잘 관찰해서, 리뷰 작성자를 기어코 찾겠다는 의도를 새삼 다진다.

"완벽한 영혼, 재미있게 읽었답니다. 결말의 반전이 압권이던데요. 여자의 복수에 간담이 서늘했어요."

손톱이 갑자기 생각난 듯, 책 이야기를 덧붙여 말했다.

"나도 거의 다 읽었어요. 남자의 위선에 소름 끼쳤어요. 실제 나에게 그런 일이 일어난다면, 절대 용서 못 할 거예요."

웨이브가 차가운 표정으로 눈을 크게 뜨고 말했다.

"다 읽어봤는데…… 납득이 안 가는 부분이 많고…… 작가의 의도가 대체 뭔지 헷갈리더군요. 복잡한 구도도 좀 그렇고요. 내 생각은 그렇다는 겁니다."

모자가 얘기하고 생수를 한 잔 들이켰다. 『완벽한 영혼』은 일곱 번째의 장편소설로, 정부의 실종으로 허둥대는 남편을 대신하여 정부를 찾아다니는 아내의 이야기다. 내 딴엔 꽤 공을 들여 기대가 큰 작품이기도 했다. 모자의 책 소감을 들으니, 아마 리뷰는 모자가 올린 것이라는 확신이 든다. 아닌가.

"어쨌든, 수북 님은 정신적 가치를 실현하며 살고 계시니 참 부럽네요. 나는 아직 기본 생계 문제로 허덕거리는데…… 강사직에서 잘리고 수입이 줄어들어 전셋집도 작은 데로 옮겨야 했지요. 책이 좀 많은데, 그걸 둘 데가 없어 일부는 버리고 일부는 창고로 들어갔답니다. 나한테 정신적 가치 추구는 요원하지요."

모자가 연어를 소스에 찍어 먹고는 나를 힐긋거리며 말했다.

"아, 너무 부러워 마세요. 글이 잘 안 될 때의 참담함은 뭐라 말하기가 어려워요. 마치 지옥불에 던져진 듯하거든요. 글쓰기는 천국과 지옥을 넘나드는 것이지요. 암튼 매슬로가 말한 욕구단계 이론에서 최고 단계인 '자아실현의 욕구'를 실천 중이라고 자부하지만, 늘 만족스럽지는 않아요."

나는 모자의 심기를 건드리지 않기 위해 인상을 살짝 찌푸리며 말했다. 모자가 생각에 잠기는 표정을 지었다.

"나는 그것보다 알더퍼 이론이 더 설득적이라는 생각이 듭니다만. 인간이 꼭 한 가지 욕구에만 머무는 건 아니니까요. 지금은 내가 한 단계 내려갔다고 볼 수도 있지만, 사실은 그 이론에서 말하는 존재나 관계, 성장…… 이 모든 욕구를 같이 추구한다고 볼 수도 있어요. 말하자면, 한 가지에 고정되는 것은 아니라는 거지요."

모자의 반론이 이어졌다. 나에 대한 모자의 묘한 질투와 경계가 느껴졌다.

"나도 모자 님 의견에 동의해요. 생계를 위해 네일아트를 하지만 그 속에서 예술적 성취를 이룬다고 보거든요. 어떤 일을 하든, 그것을 통해 행복감을 느끼면 자아실현 아닐까요."

손톱이 모자와 나를 번갈아 보며 말했다. 나는 와인을 홀짝대며 고개를 끄덕였다.

"나는 그 정신적 가치라는 게 아주 주관적이라고 생각해요. 수북 님 같은 작가님은 목표가 높을지 모르지만, 저는 아주 사소한 일상에서 행복을 찾거든요. 예를 들어, 이 시간에 와인만으로도 충분히 만족스러워요. 고차원적인 거, 골치만 아파요. 백 여사님도 이 자리에 왔으면 좋았을 텐데요. 와인도 마시고 시 낭송의 시간을 가진다면 좋았을 텐데……. 백 여사님도 분명 행복한 표정을 지을 테지요."

웨이브가 와인색 얼굴을 한 채 말했다.

"그래요, 백 여사님 덕분에 우리가 모일 수 있게 된 거잖아요. 다음에 오시면 네일아트도 직접 해드리고 싶네요."

"어머 손톱 님, 백 여사님 같은 분이 네일아트를 원하실까요? 그토록 고고하고 지순하신 분이? 천만에요. 그 손으로 보이차를 우리고 말차를 우리나요? 차원이 다르죠. 그건 아니죠."

웨이브가 벌레 씹은 표정으로 손톱을 바라보며 양팔로 X자를 만들어 보였다. 그녀는 곧 빈 와인 잔을 나에게 내밀었고, 나는 새 와인 병을 따서 따라주었다. 손톱은 얼굴이 붉으락푸르락 한 채로 웨이브를 노려보았다.

"뭐라구요? 백 여사님한테 물어봤어요? 기가 막혀 말이 안 나오네요. 네일아트 한 손으로 차를 우리면 안 된다는 법이 어디 있어요? 지난번 대화방에서 나에게 결혼했냐 따위 유치한 질문이나 했던 웨이브 님이 더 저급해 보이네요. 나에게는."

평소 조근조근한 말투의 손톱이, 날카로운 손톱으로 할퀴기라도 할 듯이 격앙된 목소리로 말했다. 웨이브가 굳은 표정으로 자리에서 벌떡 일어났다. 모자와 나는 마주 보고 눈빛을 교환했다. 모자가 급히 웨이브 옆으로 가서 "참아요. 참아야 돼요. 여기서 이러면 안 됩니다. 앉으세요. 거 참." 하고 달랬고 웨이브는 입을 딱, 벌리며 기가 차다는 듯 한숨을 푹 내쉬며 고개를 팽, 돌렸지만 맞받아치지 않고 다시 앉았다. 나는 한 팔을 들어 휘 내저으며 조용히 해줄 것을 당부했다.

"그럼, 본론으로 바로 가야겠어요. 시 향기를 맡아봅시다. 농월과 시향의 밤에 어울리는 멋진 시간이 되어야죠. 좋은 인연을 맺자는 취지 아닙니까. 우리 남성부터 먼저 할게요. 두 여성분은 거기 케이크 좀 드시면서 가라앉히시고. 모자 님부터 하시죠."

"아, 먼저 하세요. 순서가 뭐 따로 있나요?"

모자가 손을 내저으며 말했다. 나는 휴대폰을 열어 유튜브에서 음악을 골랐다. 조용한 피아노곡의 선율이 흘렀다. 나는 일어나 목청을 다듬었다.

"글을 쓰다 막히면 김일로 시인의 시를 읽으며 머리를 식히는 편이에요. 그의 시집『송산하』에서 짧은 시 두 편 읽을게요. 시 낭송하는 동안, 우리 마음속의 불순한 알갱이들이 잘 부서지면 좋겠네요. 제목은 「산사목탁계성중」이구요. 녹음 속에 앉아, 목탁 치는 소리, 흐르는 개울물, 누가 막으며, 만고유장, 누가 끊으리. 다음은 「산중암전간생멸」이에요. 암자 도량에, 낙엽이 스산한데, 저 혼자 활짝 웃는, 국화 한 송이."

박수 소리가 조용히 들렸다. 모자가 일어나 헛기침을 몇 번 했다.

"정호승 시인의 「술 한 잔」입니다. 인생은 나에게, 술 한 잔 사주지 않았다, 겨울 밤 막다른 골목 끝 포장마차에서, 빈 호주머니를 털털-털-털어, 나는 몇 번이나 인생에게 술을 사주었으나, 인생은 나를 위하여 단 한 번도, 술 한 잔 사주지 않았다, 눈이 내리는 날에도, 돌연꽃 소리 없이 피었다 지는 날에도, 인생은 나에게 술 한 잔 사주지 않았다."

약간 취한 목소리로 낭송하던 모자는 끝부분에서 떨려 나왔다. 박수가 이어졌고, 그는 자리에 앉더니 와인을 따라 마셨다. 나는 휴대폰의 음악을 껐다. 웨이브와 손톱이 시무룩 앉아 있는 게 여전히 싸늘해 보였다. 나는 휴식 시간을 좀 가지겠다고 말하고 담배를 들고 발코니로 갔다.

모임을 쉬고 있을 때, 내 책이 출간되어 나는 회원들에게 메시지로 주소를 묻고 우편으로 책을 보냈다. 작가일 줄은 몰랐다며 진심으로 축하한다는 답장이 왔다. 모자는 진작 말씀하시지 소설가라는 것을 왜 숨겼냐고 물었다. 백 여사의 방침으로 우리는 아무런 정보가 없는 상태였고, 책을 일곱 권 출간한 작가라는 걸 일부러 내세울 건 아니었다. 내 해명에, 모자는 책을 보내주어 고맙다는 말로 마무리했다.

다음 날, 손톱이 세 사람을 단체 대화방으로 초대해 내 책을 링크해서 올렸다. 그러고는 축하한다는 말을 덧붙이며 이수북 작가님과 같은 모임을 하게 되어 영광이라는 말을 했다. 아마 책에 관심이 많은 모양이었다. 잠시 후, 모자는 자신도 1년 안에 책을 낼 계획을 세웠다며 에세이를 내고 싶다고 했다. 학생들을 위한 교재는 몇 권 낸 적이 있다며, 마음만 먹으면 문학 서적 내는 것도 자신 있다는 말을 덧붙였다. 나는 엄지 이모티콘을 보내주었고, 내 책을 읽고 내용이 좋으면 짧은 리뷰도 올려달라고 덧붙였다. 웨이브는 나에게 축하한다는 말을 이모티콘과 함께 올렸다. 잠시 후에 손톱 님은 시간이 참 많아 보인다며, 혹시 미혼이냐고 웨이브가 물었다. 손톱이 물음표와 말줄임표를 마구 뒤섞어 보내더니, 미혼 아니고 비혼이거든요, 웨이브 님은 남의 사생활에 관심이 많은 것 같다고 했다. 웨이브는 손톱 님을 불편하게 했다면 미안하다며 그냥 격의 없이 말한 것뿐이라고 해명했다. 손톱은 별 대응 없이, 사진을 올렸다. 네 개의 프레임으로 나뉜 사진은 다양한 네일아트 그림이 들어 있었다. 사람의 손이 그토록 다양하고 특색이 있다는 것, 손톱을 그만큼 환상적으로 표현할 수 있다는 것이 놀라웠다. 나는 한참 후에 최고!라는 이모티콘을 보냈다. 사진을 저장하고 인사를 한 다음 휴대폰을 닫았다.

나는 글을 쓰는데 손과 손톱을 이용하지만, 그녀는 손톱에 관심이 많은 모양이었다. 손톱에 수놓아진, 여러 가지 나뭇잎, 곤충, 열대과일의 문양이 이채롭고 보석처럼 빛나 보여 신비했다. 네일아트를 하러 다니거나, 네일아트 일을 하거나 둘 중 하나일 거였다. 모자는 나에게 얄팍한 경쟁심을 느꼈을까? 대화방에 올린 글에서 경쟁 의식이 묻어난다고 느꼈다. 손톱과 웨이브 역시 서로에 대해 날이 서 있는 느낌이었다. 책을 보낸 일이, 백 여사의 방침을 어긴 것인지도 모른다는 생각이 들면서 일말의 후회가 밀려왔다.

책 리뷰를 확인한 것은 회원들에게 책을 보낸 지 일주일 후였다. 리뷰는 하루 전에 올린 것이었다. 아이디 '다크호스'가 누군지를 짐작할 수 없었다. 거친 비판과 악평 일색이었다.

이수북의 『완벽한 영혼』을 읽었다. 대중소설에서 문학성과 예술성은 차치하고라도 돈 벌기에 급급하여, 저급하고 저질스런 소재를 양산한다는 느낌이 앞선다. 순수한 독자들의 독서문화를 어지럽히고 독자의 영혼을 갉아먹으면서 책을 팔아 뭘 얻겠다는 것인지 모르겠다. 혼탁한 시대를 계도하고, 정의에 앞장서며 바른 정서와 가치관을 심는 작가정신은 실종하여, 이 시대 문학판의 막장을 보는 것 같다. 언제까지 작가는 알량한 사랑 놀음에 젖어 이렇다 할 메시지 하나 전해주지 못하는가. 이 따위 종이 쓰레기를 출판한 출판사와 작가는 즉각 사과문을 공지해야 할 것이다.

여러 권의 책을 냈지만 그동안 리뷰가 올라오는 것은 몇 개 되지 않았다. 가끔 한두 개 정도의 리뷰가 있어도, 공감하는 내용이 거개를 이루기 때문에 이런 악평은 처음이었다. 작가에 대한 불순한 의도로 작심을 하지 않고서야 이런 감상을 올리지는 못할 거였다. 일주일 전, 세 사람에게 보낸 책과 무관하지 않으리라는 예감이 퍼뜩 스쳤다. 내가 갖고 있는 촉은 비교적 예민한 편이고 적중하는 편이었다. 허탈하고 아연해졌다. 사만오천 원을 투자해서 책을 전달하는 마음에 어떤 불순한 의도가 섞인 것도 아니었고, 작가라고 으스대고 싶은 것도 아니었다. '종이 쓰레기'라는 표현이 송곳이 되어 명치를 찌르고 상처를 헤집었다. 글 한 줄 쓸 수가 없었고, 당장 절필하고 싶은 심정이었다. 노트북 화면에 있는 글자들이 개미처럼 꾸물거리는 것 같아 노트북을 탁, 소리 나게 덮어버렸다. 의자의 머리 받침대에 머리를 대고 의자를 활처럼 눕혀 눈을 감았다. 도저히 잠이 올 것 같지가 않아 집 근처 공원에 다녀오려고 점퍼를 들고 나갔다.

공원이 보이기 시작할 때부터 무작정 뛰기 시작했다. 공원 안으로 들어갔을 무렵에는 등줄기에 땀이 비 오듯 흘러내렸다. 운동하는 사람은 거의 보이지 않았고 커플로 보이는 남녀가 벤치에 그림자처럼 앉아 있었다. 숨이 턱까지 차올라 더 이상 뛸 수가 없어 천천히 걷기 시작했다. 날숨과 들숨을 번갈아 들이마셨다. 가까운 벤치에 주저앉았다. 찬 기운이 등골로 파고들었다. 깊은 밤이지만, 군데군데 가로등이 켜져 있어서 불편하지 않았다. 낮의 소란이 가라앉은 검은 숲은 어떤 신비감이 느껴져 얼핏 환시를 보거나 유령이라도 곧 나타날 것 같은 분위기였다. 공원을 순회하는 관리직원의 빨간 막대기를 보는 순간, 꿈에서 깨어난 기분이었다.

소설을 쓰면서 비현실, 가상의 세계, 판타지 세상을 동경했다. 현실감각이 떨어지면서 세상 물정에 점점 어두워졌고 아내는 나에게 무능하다는 표현으로 몰아세우기도 했다. 현실의 팍팍함에서 벗어나 내 영혼의 아늑한 피난처가 문학이라는 생각이 들면 안도감이 생겼다. 현실과 비현실의 경계에서 아슬아슬한 외줄타기가 문학이었고 소설 쓰기였다. 아내가 논술강사를 하면서 생계를 돕지 않는다면, 언감생심 전업작가는 꿈도 못 꿀 일이었다.

관리원의 호각 소리에 벤치에서 일어나 집으로 향했다. 소설 쓰기는 사내연애가 시작이었다. 기혼자인 나에게 후배 여직원과의 로맨스가 호락호락할 리 없었다. 소문은 성추행으로 호도되어 급기야 내 신분을 위협했고, 불명예스럽게 퇴사할 경우, 퇴직금도 반납할 처지에 놓였다. 나는 후배와의 관계를 정리하고 퇴사의 수순을 밟았다. 별 미련이나 후회는 남지 않았다. 내 경력이면, 타사에 경력사원으로 입사하는 건 별문제 없었다. 퇴사 후, 휴식시간을 가지며 여행을 하거나 도서관에서 보냈다. 그러면서 내 거취를 고민했다. 도서관에서 소설을 읽는 동안, 불현듯 학창 시절의 꿈이 소설가였다는 것을 떠올렸다. 밤에 아내와 맥주를 한잔하며, 내 고민을 털어놓았다. 아내는 일주일 후에 답변을 주었는데 자신이 일을 할 테니, 남부럽지 않은 작가가 되어 달라고 주문했다. 그 후 10년간, 책을 쓰기 위해 쉼 없이 달려온 시간이었다.

집으로 와 땀에 젖은 몸을 씻으며 복잡한 머릿속을 정리했다. 전통차 회원들이 자꾸 눈에 아른거렸다. 다음 날 오전 11시쯤, '전통차와 함께하는 시낭송' 모임의 대화방을 찾았다. 리뷰 작성자를 찾기 위해, 가까이 접근할 필요가 있다는 계산이었다. "잘 지내시죠? 이수북입니다."라고 인사를 한 다음, 내 계획을 얘기했다. 송년회를 겸한 와인파티를 지인의 별장에서 열고자 하는데 어떠냐고 물었다. 한 시간 후에, 웨이브의 오케이, 라는 의견이 올라왔고 다시 30분 간격으로 손톱과 모자가 차례로 환영한다는 답변을 주었다. 손톱은 감사합니다, 라고 다시 덧붙였다. 모자는 소설 쓰는 양반이 시 낭송 모임에는 왜 나오냐고 물었다. 나는 잠시 머뭇거리다 나에게 부족한 시적 감수성을 채우기 위해서, 라고 답했다. 모자의 반응은 더 이상 없었다. 모자의 말에서 비아냥거림이 느껴졌다.

이번 모임의 제목은 '농월과 시향의 밤'이라고 말한 뒤 와인은 물론 기본 안주도 직접 준비하겠다고 했다. 세 사람에게서 연이어, 환호의 이모티콘이 차례로 올라왔다. 다만 과일이나 쿠키 등을 조금씩 들고 오면 테이블이 더 풍성해지고 허기도 면할 거라는 의견을 올렸다. 날

짜와 시간을 조율하기 위해 여러 차례의 대화가 이어졌고, 한 시간이 경과된 후에 대화가 끝났다. 나는 한숨을 내쉬며 고개를 절레절레 저었다.

내 책이 한 권씩 나올 때마다 지역의 구립도서관에서는 연락이 왔고 '작가와의 만남' 또는 '북 콘서트'라는 제목으로 독자와 함께하는 자리를 마련해주었다. 그때마다 독자들과 소탈하게 책에 대한 얘기를 나누고 감상을 들어볼 수 있었다. '긴박감 넘치는 전개와 예상 못 한 반전의 결말에 손에 땀을 쥐며 읽었다.' '어렵지 않고 술술 읽어가다 보면 밤을 새고 새벽을 맞는다. 주인공의 독특한 개성과 유머가 매력적이다.' 등의 내용을 어렵지 않게 들을 수 있었다. 내 책은 대중소설, 상업소설이라는 한계가 있지만 일정한 독자층을 확보하고 있었다. 덕분에 책이 나올 때마다 기본 3천 부 이상은 판매가 되는 편이었다. 독자의 지지와 독촉에 힘입어 다음 책을 구상하고 집필하는 식으로 일곱 권을 출간할 수 있었다. 이번에 올라온 리뷰만큼 악의적인 서평을 본 적이 없어 뒤통수를 호되게 한 대 맞은 느낌이었다.

내가 발코니 창을 열고 원탁에 앉아 담배에 불을 붙이는데 모자가 다가와 맞은편에 앉았다.

"그럼, 수북님은 대기업 연구소를 나와 전업으로 작가의 길을 걷는 일에 일말의 후회도 없어요? 가끔 후회를 했을 것 같은데요. 천하의 좋은 직장을……"

모자의 미심쩍은 표정에는, 자신이 원하는 답을 기어코 얻어가겠다는 결기가 오롯이 새겨져 있는 듯했다.

"후회할 거면 그런 결단을 내리지도 않았죠. 해야 할 일과 하고 싶은 일의 경계에서 처음에야 고민이 왜 없었겠어요? 결단 후에는 앞만 보고 달렸답니다. 아직 한 번도 후회는 해보지 않았어요. 글을 쓰는 동안은 내가 살아 있는 것 같고 그저 행복하거든요."

머뭇거림 없이 호기롭게 말했다. 모자는 여전히 의문이 풀리지 않은 듯 실망하는 눈치를 보이며 인상을 찡그렸다.

"그것도 기본 생계 유지에 지장이 없으니 그런 말이 통하지요. 나는 지금 당장 일을 그만두면 우리 식구는 굶어 죽기 십상이죠. 책상에 앉아 글 나부랭이를 끄적일 형편이 되나 말이지요. 작가들은 다 그렇게 가식적인가요? 솔직할 줄 알았는데……."

"가식이라뇨? 아닙니다. 생각하기 나름 아닙니까. 나 같으면 주경야독으로 글을 쓸 겁니다. 낮에 일을 한다면 말이죠. 모자님은 투잡을 해야 되는 상황이라, 내가 부럽게 느껴지기도 할 거예요. 힘내시구요. 에세이도 구상하셨다니, 머잖아 책도 출간되겠네요."

"아니, 뭐 그런 것보다 수북 님이 뭘 감추고 있는 게 아닌가, 하는 생각이 자꾸 들어서요. 뭐 전혀 부끄러워할 필요 없잖아요. 솔직히 말하면 다 이해할게요. 후회하는 것 맞죠?"

모자가 혹시 내 비밀을 알고 있는 게 아닐까, 하는 생각에 섬뜩했다. 백 여사와 내가 만나는 장면을 몰래 보기라도 했단 말인가.

"모자 님이 그걸 어떻게…… 우리가 그런 사이는 아닙니다. 작품 때문에 잠시 만난 거지요."

눈시울에 열이 화르르 오르더니 촉촉해졌다. 사실은 백 여사와 내연의 관계를 맺고 있었다. 문단에서 우연히 만난 후, 우리는 3년째 관계를 이어가는 중이었다. 그녀의 시적 감수성이 내 메마른 감성에 자양분이 되어주고 내 소설의 첫 독자이기도 했다. 그녀는 이제 단순한 연인을 넘어서 나에게 없어서는 안 될 영혼의 뮤즈다. 내 창작의 예술혼은 그녀와 함께 타올라야 진정한 빛을 발한다. 그녀는 변신을 거듭하며 내 소설에 번번이 등장했다. 여전히 열정에 붙들려 집필할 수 있는 에너지도 그녀가 없다면 불가능했을 것이다. 피카소나 헤밍웨이가 여러 명의 뮤즈를 통해 대작을 완성했듯이. 나에게는 오직 그녀뿐이지만.

모자의 눈동자가 화들짝 커지며 당혹감이 어렸다.

"지금 대체 무슨 말씀을……? 누구를 만났다는 건지……?"

모자는 고개를 갸우뚱거리다 시선을 창밖으로 보냈다. 나는 아차, 싶었다. 잠시 침묵이 흘렀고 창밖으로 어둠과 적요가 쓸쓸히 지나가는 듯했다.

"하나 물어볼게요. 모자 님이 이번에 보내드린 책의 리뷰를 인터넷 서점에 올렸나요?"

"네? 아니, 경황이 없어서요. 미안합니다. 다음에 올리도록 하지요."

모자는 "잠시만요." 하고 자리에서 일어났다. 모자가 리뷰를 올리지 않았다는 건 확실해 보인다. 올렸다면 미안하다는 표현을 쓰지 못했을 것이다. 그럼 대체 누가 그 리뷰를 올렸단 말인가. 모자는 이 방 저

방의 문을 열어보고는 주방 옆의 작은방에 들어갔다. 곧 모자가 탄성을 내지르는 소리가 들려왔다. 내가 그 방으로 갔고, 웨이브와 손톱도 함께 왔다. 화랑에 걸렸을 법한 큰 그림 액자가 스무 개쯤 한쪽 벽면에 쌓여 있는 게 보였다. 그림 보관하는 방으로 쓰는 듯했다.

"이 그림들이 모두 진품이라면, 대체 전체 금액이 얼마가 되는 거죠?"

웨이브의 목소리가 들렸다.

"별장도 소유한 분이라면 당연히 진품이겠죠. 설마 모조품일까요."

모자가 말했다.

"아마 그림 값이 오르면 내다 팔 겁니다. 제 추측에는요."

내가 설명했다.

"어머, 이 사진 봐요. 백 여사님 맞죠?"

손톱의 목소리가 저쪽에서 들렸다. 구석에 있는 작은 협탁에 놓인 사진 액자를 들고 있었다. 누가 봐도 알아볼 수 있는 백 여사였다. 나는 심장이 덜컥 내려앉았다.

"수북님, 그럼 이 집이 백 여사의 별장인 거네요. 왜 진작 얘기하지 않았어요?"

웨이브가 약간 놀란 듯, 떨리는 목소리로 물었다.

"그게 그러니까…… 자, 우리 나가서 한잔들 해요. 저쪽으로 갑시다. 즐거운 담소를 나누자고요."

내가 앞장서 나가서 테이블 앞에 앉았다. 세 사람도 나와 아까 앉았던 자리에 앉았다.

"백 여사님이 그림으로 재테크를 할 줄 몰랐네요. 개인적 사담을 금하더니, 자신의 치부가 드러날까 봐 그런 것 아닙니까? 대체 수북 님과 백 여사의 관계는 뭐죠? 그것도 밝혀요."

모자가 노기를 띤 표정으로 말했다.

"백 여사님의 남편은 가끔 집에 온다면서요. 그러면서 60평 아파트에 산다는 것도 좀 이상하지 않나요?"

웨이브가 나를 보며 각을 세워 말했다. 눈을 살짝 감고, 이 상황을 어떻게 모면해야 할지를 궁리했다. 나는 눈을 뜨고 애써 다정한 눈빛을 지으며 세 사람을 둘러보았다.

"이 집이 백 여사의 별장인 것 맞구요. 그림으로 재테크하는 건 추측일 뿐입니다. 백 여사가 화랑에 갈 때마다 그림을 사는데 걸 데가 없어서 이곳에 보관하는지도 모르지요. 그림을 좋아하는 분들은 이렇게 모아두었다가 원하는 분들께 팔기도 하지요. 백 여사와는 문학 행사에서 처음 만나 친분을 맺은 거랍니다. 그런 관계를 내가 구태여 밝힐 필요는 없지요. 이번에 우리 모임을 위해 통화해서 어렵게 허락을 구했어요."

나는 진땀을 흘리며 설명했다. 나는 세 사람 모두에게서 리뷰 작성자라는 혐의를 지워야했다. 우아한 정신을 가진 분들이니까. 나는 눈을 슬며시 감고 긴 숨을 토했다.

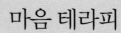

마음 테라피

마음 테라피

'CLOSED' 팻말을 걸어놓았다.

인하는 카페 안으로 들어와 물끄러미 밖을 바라보았다. 카페 문 닫을 시간은 아니지만 곧 친구들과 수다를 떠는 모임을 시작할 예정이었다. 그녀는 테이블과 의자들을 정리하고 주방으로 들어갔다. 창으로 낙동강이 보이고 하늘은 해가 뉘엿거렸다. 점점 주홍빛으로 번지는 노을을 바라볼 때마다 곧 황혼에 이를 자신의 모습이 그 안에 비쳐 보였다. 부끄럼 없이 온몸의 에너지를 불사르고 고요히 침잠하듯 스러져야지. 그녀는 슬몃 웃으며 찻잔을 정리했다.

수연과 정혜가 카페 안으로 나란히 들어왔다. 인하는 활짝 웃으며 반갑게 맞았다.

"오, 고소하고 향긋한 이 냄새! 이 강을 보며 쿠키를 굽는 여인은 참 행복하겠지."

수연이 강 쪽으로 난 창가로 다가가며 말했다. 열린 창으로 바람이 흘러들어 머리칼을 흩트렸다.

"그것도 며칠이라면 몰라. 매일 그 일을 의무처럼 하면 온전히 즐기지 못한다는 것, 잘 알지?"

인하가 대답하고 턱짓으로 차 메뉴를 물었다. 수연과 정혜가 창가 테이블에 앉았다. 수연은 로즈메리 허브차, 정혜는 연잎차를 주문했다. 인하는 차이티를 선택했다. 그녀는 주방으로 가서 석 잔의 차와 쿠키를 곁들여 가져왔다. 세 사람이 선택하는 차의 취향은 잘 변하지 않았다. 어쩌면, 각자의 성격이 잘 변하지 않기 때문일 것이라고 인하는 생각했다. 가볍고 상큼한 향이 매혹적인 로즈메리, 깔끔하면서 영혼을 맑게 하는 연잎차, 마음의 피로를 달래주는 차이티는 세 사람의 마음 테라피를 위한 차였다. 그 외에 정열과 달달함을 드러내는 히비스커스 애플과 톡 쏘는 듯, 시원함을 간직한 모히토가 메뉴에 있지만 선뜻 선택하지 않았다. 차이티는 홍차에 우유, 마살라, 설탕을 넣고 오래 끓인 인도식 밀크티인데, 한 잔을 마시고 나면 머리가 맑고 피로가 풀리는 느낌이어서 인하는 즐겨 마시는 편이었다.

"요즘도 네 남편은 약초 캐러 다니지?"

정혜의 물음에 수연은 피식 웃었다.

"사람이 잘 바뀌디? 자기가 믿는 신념은 하늘이 두 쪽 나도 고수하는 게 인간이다. 좀 유별날 뿐이지 나쁜 것도 아니고, 뭐……."

언젠가 수연의 남편이 유별나게 건강과민증을 보인다고 해서, 인하와 정혜는 수연을 만날 때마다 그녀의 남편에 대해 질문했다. 수연은, 건강에 대한 남편의 지나친 집착 때문에 한때 갈등을 빚기도 했지만,

요즘은 거의 초연하게 보였다. 그는 약초 동호회에 가입하여 일요일마다 산이나 들로 채취하러 다녔다. 구지뽕, 화살나무, 가시오가피, 부채손 등을 주로 채취하는데 그는 약초들을 건조하고 달이는 과정을 즐긴다고 했다. 또 아침에 일어나면, 건강기능식품 가루를 미온수에 타서 공복에 마시는데 마치 온몸의 세포가 다시 태어나는 것처럼 신선해지는 느낌이 든다고 했다.

저녁 식사 후에는 중국 운남성 보이차를 우려 마셨으며 매일 침향단을 하나씩 씹는 것을 잊지 않았고, 잠들기 전에 발효식초를 한 잔씩 더 마셨다. 주말에는 참옻차와 상황버섯 가루를 우유에 섞어 마신다고 했다. 일주일이 지나고 나면 자신이 더 건강해진 것 같아 흡족한 기분이 되고, 여전히 더 건강해지기 위해 고민하고 노력한다는 것. 어떤 병도 밀어낼 수 있는 면역성 높고 자연친화적인 몸을 유지하며 사는 것이 그의 목표라고 했다. 그 얘기를 듣고 난 정혜는 건강에 대한 집착이 놀랍다고 했고, 인하는 참 대단한 분이라고 말했다.

"얼마 전에, 남편은 암 검사를 했어. 같이 하자고 하는 걸, 나는 격년으로 하는 건강진단이면 된다고 거절했어. 피 한 방울로 몸속 어떤 기관에 암세포가 숨어 있는지 진단한다는 거야. 병원에 함께 가서 설명 들었는데 우리 몸속에는 어떤 기관이든 암세포가 발생할 수 있다더라구. 검사 후 의심 진단을 받고 나면 다시 그 기관만 정밀 검사를 진행하고 치료까지 병원에서 도맡아준다는 거야. 그는 위, 대장, 간, 폐를 선택했어. 일주일 후에 결과가 나왔는데 다행히 모두 정상이었어. 안심해도 좋다고 할 때 그의 표정이…… 글쎄 어린애 같더라니깐."

"너도 같이 검사해보지 그랬냐. 오십 줄 나이에 건강 챙기는 것, 사실 필요한 거다."

인하가 찻잔을 내려놓으며 수연을 보고 말했다.

"아냐, 난 세끼 밥 잘 먹고 주말에 산에 한 번 다녀오는 것으로 끝이야. 내 몸 하나만 생각하며 산다는 게 그래. 난 이왕이면 더 큰 가치나 정신에 신경을 쓰고 싶거든."

"역시, 남편의 취향을 수용하면서도 자신의 오롯한 세계를 견지하잖아. 멋진 우리 수연이야."

정혜가 고개를 끄덕이며 감탄의 표정을 지었고 인하는 슬몃 미소를 지었다. 정혜와 수연은 대학 동창이었고 인하와 수연은 여고 동창이었다. 여고에서 나란히 우등생으로 공부를 했지만, 수연은 대학에 진학을 하고 인하는 하지 못했다. 대학을 입학할 무렵, 아버지가 하던 사업이 부도가 났고 엄마는 그 충격으로 몸져누웠다. 아버지는 채권자들을 피해 도망 다니는 신세였으며 동생 세 명의 뒷바라지와 살림을 보살피는 일이 인하에게 주어졌다.

인하는 낮에 식당에서 알바를 하고, 밤에는 공무원 시험 공부를 했다. 수연이 대학 3학년 때 인하는 공무원 시험에 합격했다. 그녀가 주경야독으로 공부하던 시기, 수연은 쌀과 생필품을 보내주기도 하고 용돈을 주기도 했다. 알바를 해서 번 돈은 가족의 생활비였고 그것은 턱없이 부족해서 생활은 늘 쪼들렸다. 그 시절은 암흑 속의 터널로 걸어갔던 시간으로 인하는 기억한다. 그때의 가난과 함께 따뜻했던 수연을 잊지 못하고 있다. 지금도, 수연이 가끔 카페를 찾을 때면 어떤 차보다 더 정성을 다해 만든 차를 대접한다.

"수연, 남편과 함께 우리 카페에 한번 와. 우리 차를 마시고 뭐라고 할지 궁금하네."

"그러지 뭐. 그는 카페 취향이 아니라서. 전통찻집이나 차 모임 하는 집에서 주로 마시던데. 얘기는 해볼게."

인하는 정혜에게 요즘 법당 분위기는 어떠냐고 물었다.

"여전히 불경 읽고 명상하고 그렇지 뭐. 스님이 직접 우려내는 차를 마시면서 적묵의 시간을 가지다 보면 이게 해탈이 아닐까, 하는 생각이 들어. 주제넘은 생각인지 모르지만. 스님의 말씀이 속속 귀에 들어오거든. 우리 몸이 비만하면 다이어트가 필요하듯이, 우리 삶에도 필요 없는 군더더기를 버려야 맑고 선명한 삶을 누릴 수 있다는 얘기를 듣고 공감이 가더라. 습관적으로 남의 시선을 의식해서 하는 일, 이런 게 다 삶의 군더더기라고. 그것들만 제거해도 훨씬 행복한 일상이 이루어진다는 거지."

정혜의 얼굴이 보다 맑아지고 빛이 나는 듯했다. '남의 시선을 의식해서 하는 일? 정혜나 수연이 가족을 구성하고 부부의 삶을 지탱하는 것에도 그런 부분이 있지 않을까? 라고 인하는 생각했다. 설령, 있다고 할지라도 필요악처럼 우리 삶에 스며들어 있는 그런 것, 정혜가 무늬만 부부로 살아간다고 언젠가 고백한 것처럼 말이다. 정혜의 남편에게는 가까이 지내는 여자가 있고, 정혜 또한 알고 있는데도 묵인하고 있다고 했다. 아들이 결혼하고 나면 남편과 헤어질 것이고, 남편은 그 여자와 결혼할 것이라고 정혜는 담담하게 말했다. 수연은 정혜를 이해 못 하겠다고 말했지만, 그녀가 법당에 자주 가는 것을 보고 인하는 얼핏 이해되기도 했다. 아들을 위해서 그 정도는 참을 수 있다고 말할 때의 정혜의 표정은 해탈한 붓다처럼 보였지만, 내면은 복잡할 것이라는 생각도 들었다.

"우리 애가 이번에 구단에서 선정하는 최고 선수에 뽑혔어. 사는 낙이 뭐가 있겠어? 그저 자식 잘 되는 게 최고지 뭐. 안 그래? 난 아들만 성공하면 여한이 없어."

정혜의 얼굴에는 득의와 자부심, 자랑이 묘하게 뒤섞여 어룽거렸다. 인하는 수연을 통해 정혜를 알았지만, 셋이 함께 모이는 시간은 어언 10년을 훌쩍 넘었다.

"축하해. 아들 사진 봤는데 야무지고 큰 그릇이라는 생각이 들더라. 정혜가 아들 농사는 잘 지었어. 큰 기쁨을 줄 거야. 그래도 정혜야, 자식은 언젠가 부모 품을 훌쩍 떠나기 마련이잖아. 아들에게 너무 의존하지 말고 네가 바라는 삶을 살아."

수연이 진지한 표정으로 말했다. 정혜가 희미한 미소를 띠며 고개를 끄덕였다.

"남편도 자식도 없는 나는 얼마나 무미건조하게 살아가는지 알겠지? 매일 쿠키나 굽고 차를 만들면서…… 저 회색 강도 이제 슬슬 지겨워진다니까."

"인하야, 다 네 복이야. 식구 있는 게 좋아 보이지? 다 애물이고 골칫거리야. 우리가 말 안 해서 그렇지, 얼마나 널 부러워한다고."

인하는 수연의 그 말이 결코 빈말이 아니란 걸 알지만 온전히 위로

가 되지는 않았다.

인하가 강이 바라보이는 언덕에 카페를 연 것은 1년 전이었다. 구청 공무원으로 25년을, 환경위생과와 평생교육과에 근무하다 퇴직했다. 그 무렵 인하는 극심한 조울증에 시달렸다. 한 달에 사나흘은 편두통, 몸살로 병가를 내야 했으며 근무를 할 때도 일이 손에 잡히지 않았다. 속에 뭐가 들어 있는지 화가 무시로 올라왔고, 감정이 과다 분비되어 이성이나 생각이 들어설 틈이 없었다. 죽을 것만 같은 심경이 계속되자, 무턱대고 사표를 냈다.

그 무렵, 상담사는 인하에게 속에 있는 감정을 제대로 꺼내어본 적이 없는 것 같다고 말했다. 어떤 감정이든, 꾹꾹 억누르며 살지 않았냐고 물었다. 상담사의 그 말에 아무런 대답을 하지 못했지만 잠시 후에 눈물이 인하의 볼을 타고 흘러내렸다. 상담사의 말이 송곳이 되어 콕콕 찔러왔다. 정말, 속에 있는 말을 내뱉기만 했어도 힘들어하지 않았을까. 어쩌면 그럴지도 모른다고 인하는 수긍했다. 상담사는 그녀가 울도록 내버려두었다. 울고 싶은 그 감정을 최대한 표출해보라고 말했다. 그 시간은 다른 얘기는 더 이상 나누지 못하고 그렇게 끝나버렸다.

퇴직 후 제주도로 가서 1년을 머물렀다. 첫 한 달은 호텔에 머물렀으나, 다음 달부터는 전원주택으로 옮겨 마당에서 꽃나무도 가꾸며 시간을 보내니, 훨씬 생기와 활력을 느낄 수 있었다. 인하는 심리학 서적과 치유에세이를 즐겨 읽으며 산책, 명상을 매일 거르지 않았다. 6개월쯤 지나자 새로운 기운이 솟는 듯했다. 시간이 흘러 다시 일을 시작하고 싶은 의욕이 움트자, 인하는 고향으로 돌아와 카페를 열었다. 그녀는 한가한 시간에 쿠키를 굽는 시간이 행복했다. 고요히 흐르는 강물에 속내를 털어내면 마음이 잔잔해졌다.

"서론이 길었네. 그럼 본론으로 넘어가. 오늘의 수다 주제는?"

인하는 정혜와 수연을 번갈아보며 물었다.

"내 마음속에서 사라지지 않고 있는 것, 잊고 싶지만 여전히 내 가슴에 남아 있는 것에 대해 생각해보면 어떨까?"

정혜가 잠시 생각에 잠기다 말했다.

"글쎄, 뭐가 있을까? 유년 시절이나 학창 시절에 행복했던 추억 아닐까. 힘든 순간에도 돌아보면 싱긋 미소가 피어올라 가슴이 따뜻해지는 이야기…… 뭐 그런 것."

수연이 아련한 표정을 지으며 말했다.

"맞아, 그런 것도 좋고. 이루고 싶은 소원이나 목표. 그걸 이루지 못했다면 회한이 남으니까 늘 가슴속에 먹먹히 남아 있을 것 같은데."

인하가 회한이 남은 표정을 짓다가 친구들을 둘러보며 싱긋 웃었다.

"음, 둘 다 그럴듯하네. 난 사실 지나간 일에 미련을 두는 편이 아니라 딱히 떠오르는 게 없는데. 누군가에게 상처를 주었다면 그게 가끔 떠오르면서 마음이 좀 아프더라. 그것도 바쁠 때는 생각이 안 나고 아주 고즈넉하고 내 몸이 아플 때, 생각나면서 회한에 몸이 떨려."

정혜가 숙연한 표정을 지으며 말했다.

"그래? 음…… 내 몸이 아프고 상처를 입으니 누군가 마음이 상처

난 사람을 떠올리게 되고 내가 혹시 상처를 준 게 아닐까, 하는 죄책감이 생기는 게 아닐까. 그럼 구체적으로 그런 것들에 대해 얘기해보면 어떨까? 그래야 뭐가 잡히지."

수연이 덧붙였다.

"난 사실 여고 시절에 공부를 열심히 할 때, 내가 좀 번듯한 사람이 될 줄 알았어. 대학은 물론 대학원, 나아가 유학도 다녀와서 대학 강단에 서고 싶었거든. 뭔가 최고의 위치에 서 있게 될 줄 알았는데, 평범한 공무원 하다 이제 카페 사장? 이건 내 각본에 없던 거였어. 가끔은 마치 내가 꿈을 꾸고 있는 것 같아. 하지만 나름 괜찮기도 하고. 인생 별거 없다는 생각도 들고."

인하는 그럴듯해 보이는, 친구들이 고개를 끄덕여줄 것 같은 얘기를 선택해서 얘기했다. 그 얘기를 하는 동안 문득 젊을 때 만났던 그 사람이 가슴을 저미듯 오련한 영상으로 지나갔다. 진짜 가슴에 남아 있는 것은 바로 그것이라고 가슴을 치듯 말하고 싶었지만 그럴 수가 없었다.

"인하, 너는 아직도 그게 한이 맺혀 있는 거야? 난 결혼 전에 남편과 연애했던 시절이 더 아련하고 그립네. 사실 결혼 후에는 늘 바빴던 기억밖에 없네. 아, 옛날이여!"

수연의 말에 정혜와 인하가 소리 내어 웃었다.

"난 십 년 전에 한 친구에게 모질게 말한 기억이 있어. 그 후 그 친구와 헤어졌는데 그때는 몰랐어. 연락 않는 그 애가 무척 섭섭했는데, 지금은 내 말에 그 친구가 오해를 했고 헤어진 동기가 되었다고 생각해. 많이 미안하고 후회해. 날 용서해주길 바라고."

정혜가 울먹한 표정으로 말하고 고개를 살풋 숙였다.

"정혜야, 그때 무슨 말을 했는지 얘기해줄 수 있어?"

"얘는, 우리가 그걸 알아 뭐 하려고. 안 그래도 마음 아프다는데. 됐어, 정혜야."

인하가 수연에게 눈을 흘기며 말했다.

"아냐, 얘기할게. 그 친구가 남편과 시부모와의 갈등으로 힘들어하며 날 찾아왔었어. 며칠 쉬고 가겠다고…… 내 집에서 좀 머물겠다고 하더라. 그때 남편과 주말부부를 하고 있었잖아. 근데 내가 위로해주고 받아주기는커녕, 부부싸움할 때마다 이렇게 집을 나오면 뭐가 해결되겠냐며 돌아가라고 했어. 너한테도 문제 있잖아. 그렇게 말했지. 그러자 그 친구는 울면서 갔는데, 나중에야 내 마음이 아프고 후회되더라고. 이렇게 토해놓으니 마음이 좀 편하네."

정혜가 눈물이 글썽한 채로 말을 하고는 차를 마셨다.

"그래 정혜야, 솔직하게 고백해서 고마워. 그 친구를 이해 못 해 그런 거지. 뭐 일부러 그런 건 아니잖아. 부부를 화해시키려는 의도였지. 너무 자책하지 마."

수연의 말에 정혜가 고개를 끄덕이며 웃었다.

"맞아, 좋은 의도로 말했는데 상대가 섭섭하게 받아들일 때도 있어. 그 친구는 그 순간, 정말 지옥 같은 심정이었을 거야. 그래서 널 미워했을 거고. 우리는 이렇게 늘 어긋난 생각을 하고 어긋난 운명을 안고 가는 게 아닐까. 시간이 흐르고 나면 그게 분명해지는 것 같아."

인하가 한 손으로 목덜미를 훑으며 말했다.

"나도 인하 말에 동의해. 우리는 모두 어긋난 운명을 살아간다는 말이 와닿네. 그래서 가슴에 회오리치는 회한이 남아 있고. 시간이 흐르면 또 그런 것들이 밑바닥에 분해되어 삭여져 있고."

수연의 마무리 발언에 박수를 치며 수다가 끝났다. 차를 한 잔씩 더 마시고 수연과 정혜는 돌아갔다.

카페를 열지 않는 날이다. 오전 8시, 반수면 상태로 침대에서 인하는 몸을 뒤치락거렸다. 가끔, 침대에서 눈을 감은 상태 그대로 숨을 멈추었으면 하는 생각이 자주 일어났다. 정오가 되어, 억지로 운전을 해서 카페로 달려가노라면 자신에게 무슨 에너지가 발산되는지 스스로 놀랄 때가 있었다. 인하는 눈을 감고 이불을 뒤집어썼다. 지난 시절이 떠올랐다.

여고 졸업 후, 집안 사정 때문에 알바를 하며 돈을 벌었다. 취직을 위해 밤에는 공무원시험 공부를 했는데 피곤해서 곧잘 책상에 엎드려 자기도 했다. 동기들이 대학생 배지를 달고 축제니, 낭만이니 외치며 캠퍼스를 누비는 걸 보며 인하는 속울음을 삼키며 밤마다 공무원 교재와 씨름했다. 여고 3년간, 입시를 목표로 열심히 공부한 것을 알기 때문에 동기들은 안타까워했다. 앞날은 안개가 자욱하고 등대 불빛 하나 없는 검은 바다처럼 느껴졌다. 알바를 하는 식당이 대학가여서, 대학생들이 자주 찾아왔다. 한 남학생은 자주 방문하여 인하에게 가끔 말을 걸었고, 그녀 역시 소탈해 보이는 그에게 호감을 가졌다. 그는 맛에 민감했고 음식 재료가 몸에 좋은지, 건강에 도움을 주는지를 면밀히 따져보는 성향이 있었다.

서빙을 하는 인하에게 그 대학생은 늘 음식 맛을 칭찬했고 그녀는 그를 상냥하게 대했다. 그는 자주 식당을 왔고 인하와 자연스럽게 가까워졌다, 그녀보다 두 살 위인 그와 1년 가까이 교제했다. 식당이 쉬는 날이면 그와 함께 대학 도서관에 가서 공부를 하고 캠퍼스를 산책하는 동안 인하는 그 대학의 학생이 된 듯한 느낌을 가졌다. 공부에 집중하기 위해 전화로 그와 자주 얘기를 나누었다. 첫사랑이었다. 그가 기말고사를 친 후 인하는 그와 함께 영화를 보러 갔다. 집에 돌아갈 때 그는 인하에게 사랑을 고백하며 키스를 했다. 인하 역시 그를 사랑한다고 말했다.

그 대학생은 얼마 있지 않아 입대를 했다. 그는 편지를 하라며 소속 부대의 주소를 알려주었다. 그를 그리워하며 인하는 편지를 보냈지만, 답장은 오지 않았고 제대 후에도 연락이 닿지 않았다. 그가 제대할 무렵, 인하는 식당에 나가지 않고 구청에 근무할 때였다. 그를 향한 아쉬움과 그리움이 늘 마음 한구석에 자리했지만 어쩔 도리가 없었다. 말이 되어 나오지 못한 마음이, 애벌레처럼 고물거리다 그대로 그녀의 심장 안에서 차갑게 굳어갔다.

수연이 언젠가 와인을 사 들고 밤늦게 인하의 집에 찾아온 적이 있었다. 남편과 사소한 문제로 말다툼을 시작했는데, 싸움이 되어버렸다고 했다. 수연과 인하는 밤늦도록 와인을 마시며 얘기를 나누었다. 수연은, 남편의 비위를 맞춰주고 살려니 배알이 틀린다며 남편의 단점을 까발리고는 그녀더러 혼자 살라고 했다.

"알지? 전생의 원수가 부부가 된다고. 이게 바로 카르마야. 우리가 지은 죄를 갚기 위해 사는 거라고. 넌 복도 많네그려."

수연은 사르르 감기는 눈으로 혼잣말하듯 마구 떠들었지만 인하는 그럴수록 더 정신이 또렷해지기만 했다.

"넌, 결혼이라도 했으니까 그런 말이 나오는 거야. 주구장창 홀로 사는 내 심정을 생각해봤어? 나에겐 즐거운 비명 정도로 들리니깐."

"너도 참. 내 말이 가식으로 들려? 내 한 몸만 건사하고 산다면 매일 하늘에 계신 신께 큰절 올리면서 살겠네. 그럼, 우리 바꿔?"

수연은 흐릿한 눈동자를 인하를 향해 부릅뜨고 말했다.

"바꾸자고? 술김에 하는 말, 난 안 믿어. 난 뭐 이렇게 살고 싶어서 사냐? 누구 때문인데?"

"그건 누구 때문이 아니라 네 선택일 뿐이야. 나 오늘 여기서 자고 갈 거야. 그 사람 정말 지겨워 죽겠어."

수연이 갑자기 소리 내어 울었다. 인하가 화장지로 눈물을 닦아주다 같이 눈물이 났다. 그녀도 덩달아 소리 내어 울었다. 수연이 그녀를 부둥켜안고 등을 토닥여주었고 함께 서럽게 울었다. 수연은 얼마 후 바닥에 드러누워 잠이 들었다.

인하는 기억을 털어내려는 듯, 머리를 흔들고는 이불을 걷어차고 일어났다. 명상을 하고 싶었다. 자리를 정돈해 방바닥에 가부좌를 하고 앉아 양손을 무릎에 얹었다. 숨을 크게 들이켜고 내뱉으며 호흡에 집중했다. 떠오르는 생각이나 차오르는 감정을 그대로 인정하고 의식하면 어느새 사라지기도 했다. 일부러 지우려 하거나 그것 때문에 고통스러워하지 않았다. 인하는 지난 시간을 돌아보며 가슴이 답답할 때마다 '호오포노포노'를 읊조리며 갈무리했다. 고대 하와이안들이 쓰는 말로, '호오'는 원인을 나타내는 말이었고 '포노포노'는 완벽함을 뜻하는 말이었다.

의식으로 무의식을 정화하면 통찰력이 생겨 감정을 변화시키고 새로운 현실이 창조된다는 의미라고 했다. 그 말을 되뇌고 외치는 것은 누군가를 용서하고 자신과의 화해를 이루는 것이라고 했다. 명상공부를 하다 알게 된 말이었다. 몸의 발부터 머리까지 차례로 올라오며 의식을 집중시키는 '보디 스캔'까지 하고 인하는 명상을 마쳤다. 머리가 새삼 맑아지고 마음이 개운해졌다.

트레이닝복으로 갈아입고 인하는 집을 나섰다. 뒷산에 올라 숨을 고르고 있을 때 전화가 울렸다. 정혜였다. 이번에 아들이 구단에서 MVP 선수로 선정되어 승용차를 받았는데 그걸 엄마인 정혜에게 선물했다는 것이다. 오늘 인하가 쉬는 날이니 수연과 셋이서 드라이브를 가자고 제안했다. 그녀는 무조건 좋다며 환호하듯 소리쳤다. 산을 내려가 집에서 샤워를 하고 나니, 정혜로부터 집 앞에서 기다린다는 메시지가 왔다. 외출 준비를 하고 밖으로 나가니 반질반질 윤이 나고 단단해 보이는 검은색 중형차가 서 있었다. 운전석에 정혜가 앉아 있고 옆자리에 수연이 보였다. 뒷자리에 오르며 인하가 행선지를 묻자, 정혜는 어디든 발길 닿는 대로 가겠다며 뒤돌아보고 웃었다.

"거제도 갈 거래."

수연이 말했다. 차량이 거가대교에 오를 때까지, 세 사람은 조용히 음악을 들으면서 갔다. 정혜와 함께 갈 때는 무의식중에 고요와 적묵의 시간이 흐르는 것 같았다. 거가대교 휴게소로 들어섰다. 수연이 세 잔의 커피와 통감자를 사들고 왔다. 그들은 거제 앞바다가 보이는 테이블로 가서 자리에 앉았다.

"어쩌면 아들한테 승용차를 다 받냐? 복도 많네."

인하가 기분 좋은 웃음을 지으며 마주 앉은 정혜에게 말했다.

"맞아. 우리는 친구를 잘 둔 거고. 그런데 우리 남편이…… 일을 저질렀어."

기운 없이 말하는 수연을 보며 인하는 눈을 휘둥그레 떴다.

"침대에 라돈이 있을지 모른다고 늘 걱정하더니, 직접 침대를 만들었어."

"어떻게?"

"매트리스 안에 건조한 약초 꾸러미와 노루궁둥이, 상황버섯을 넣고 솔잎과 나뭇잎으로 채운 다음 매트리스 천으로 마무리를 하더라. 잠자는 시간이 인생의 3분의 1이라 침대가 중요하다며 토, 일 꼬박 그 일에 매달리더라고."

"그래서? 잠이 잘 온대. 몸이 가뿐하대? 진짜 심하다."

인하가 고개를 절레절레 흔들며 말했다.

"직접 고생해서 만들었으니 효과가 있겠지. 이왕이면 자연친화적인 침대가 더 낫다는 게 그의 지론이지."

"그러다 네 남편이 아예 산에 들어가는 것 아냐? 거기 가면 친구가 더 많을 것 아냐."

정혜의 말에 인하가 소리 내어 웃었다. 한 번 웃기 시작하자 그칠 줄을 몰랐다. 수연과 정혜가 마주 보며 고개를 갸웃거렸다.

"예전에, 내가 퇴직할 무렵 조울증으로 힘들었거든. 그때 상담사가 그러는 거야. 감정을 숨기지 말고 토해내라고. 나에게 꾹꾹 누른 감정이 뜻밖에 많다더라고. 나도 몰랐어."

인하는 그 말을 내뱉고 나니, 앓던 이라도 빠진 듯 시원했다.

"그래, 속에 응어리진 것 있으면 터놓고 얘기해. 그래야 마음의 병이 안 생긴다."

정혜가 진심으로 걱정스럽다는 표정으로 말했다.

"인하가 보기보다 내숭 덩어리야. 우리를 진정한 친구라 생각하면 숨길 것 뭐 있어?"

수연이 인하에게 눈을 흘기며 말했다. 한동안 침묵이 지나갔다. 인하는 구청에 근무할 때 싱글이라는 이유로 알게 모르게 동료들보다 업무가 많았지만 내색하지 않았다. 평창 동계 올림픽이 열릴 때, 봉사를 담당했던 동료가 집안 사정으로 불참하게 되어, 그녀가 대신 3일간 봉사위원으로 참가했다. 그 당시는 일을 배운다는 생각으로 불평하지 않았지만, 시간이 흐르고 나니, 자신의 업무가 과다했다는 생각이 들기도 했다. 은연중에 그런 것들이 생각나면서, 응어리들이 하나둘 생기고 뭉치는 느낌이었다. 그렇다고 속내를 동료에게 털어놓은 적은 없었다. 모두를 위해 말없이 순응하는 것이 운명이라 생각하며 그녀는 체념하고 살았다.

"이런 게 휘게 아니겠어. 푸른 바다 보며 실컷 웃고, 정다운 사람들과 차를 마시며 함께 시간 보내는 것. 언젠가 방송에서 봤는데 북유럽의 스웨덴이나 덴마크 사람들의 행복지수가 높은 게 바로 소소한 일상에서 행복을 찾기 때문이라 하더라고."

인하가 무거운 표정을 누그러뜨리며 화제를 돌렸다.

"휘게라…… 그건 덴마크에서 나온 용어라고 했지. 맞아. 행복이 뭐저 멀리 있는 게 아니잖아. 지금 여기서 내가 행복을 찾으면 되는 거지. 함께 차 마시며 얘기를 나누는 것도 좋고, 때로는 혼자만의 시간을 가지는 것도 좋고."

수연이 고개를 끄덕이며 덧붙였다.

"난 우리 아들과 같이 분위기 좋은 곳에 가서 밥 먹는 게 소소한 행복이야. 너무 바빠서 얼굴도 보기 힘드니 말이야. 바쁜 일상에서 여유를 찾고자 하는 건, 뭐 북유럽이나 우리나 같은 거지."

정혜의 표정에는 아들에 대한 그리움이 담뿍 묻어 있다. 휘게는 결핍에서 조명되고 재창조되는 게 아닐까. 좋은 사람들을 자주 보거나여유가 늘 넘친다면 그 빛은 바래져버릴 것이다. 그때 사람들은 또 다른 문화의 휘게를 만들 것이라는 생각이 들었다. 시간이 되어 그들은차량 쪽으로 갔다.

"우리, 한 군데만 갔다가 돌아오자. 바람의 언덕이나 맹종죽 공원?아니면 어디 생각나는 데 있니?"

운전석에 앉은 정혜의 말이 이명처럼 나지막하게 들렸다. 잠시 후,수연이 가까운 데로 가자고 했고 정혜는 맹종죽 공원으로 가겠다고 했다. 수연은 피톤치드나 실컷 들이켜고 와야겠다고 말했다. 공원 근처 주차장에 차를 대고 공원으로 올랐다. 중국 오나라의 맹종이 한겨울에 죽순을 찾아 어머니의 병을 고쳤다는 전설에 따라 맹종죽으로 불린다고 입구 안내판에 적혀 있었다. 대나무를 잘라 기왓장처럼 만들어 소원을 적어 주렁주렁 매달아 대나무 담장을 이룬 곳이 있었다. 인하가 대나무 세 장을 사서 나눠 주었고, 각자의 소원을 적어 매달았다.

"소원 빌기, 좋아하는 사람들이 참 많아."

길게 이어진 대나무 담장을 보며 수연이 말했다.

"플라세보 효과 아닐까. 사는 일이 다 마음에 달린 것 같아. 그 외는 아무것도 아냐."

산책길을 오르며 인하는 자조 어린 목소리로 말했다.

"그러게. 같은 상황이라도 받아들이는 마음에 따라 행복, 불행이 결정되겠지. 현상은 달라지지 않아. 그걸 바라보는 우리 마음이 문제인 거지."

정혜가 달관한 듯한 표정으로 시니컬하게 말했다.

수연에게서 전화가 왔다. 이번 '마음 테라피'에 불참한다는 것이다. 인하가 이유를 물었더니, 수연은 머뭇거리다 남편이 병원에 입원했다고 했다. 순간 그녀의 심장이 덜컥 내려앉았다. 잠시 후 어떻게 된 거냐고 물었다.

"일주일 전부터 그 사람이 냄새를 못 맡고 맛도 못 느끼더니 통 음식에 손을 대지 않더라고. 기운이 하나도 없어 그런지 얼굴은 광대뼈가 돌출되어 딴사람처럼 이상해 보이더라. 살이 내리고 눈까지 점점 어두워지고. 함께 병원에 가서 혈액검사와 소변검사를 마치고 대기하고 있는데 의사가 날 부르더라고. 입원 절차를 밟으라는 거야. 이유를 물었어. 알 수 없는 바이러스가 그의 몸에 침투했는데 건강한 사람이면 충분히 이겨낼 수 있는데 그는 특이한 징후가 있다는 거야. 체내에 알 수 없는 독소가 많을 뿐 아니라, 면역성분 '사이토카인'이 과도하게 분비되어 정상세포를 손상시킬 수가 있다는 거야. 잘못하면 허파, 콩팥 등 장기를 손상시킬 수 있으니 입원하여 경과를 봐야 한다는 거야. 운이 나쁘면 사망에 이를 수도 있대. 각오를 단단히 하라고 하더라. 기가 막혀서 정말……."

인하는 후, 한숨을 내쉬었다. 가슴이 답답해지고 등줄기에 땀이 한 줄기 흘러내렸다.

"정말이야? 세상에…… 마른하늘에 날벼락도 유분수지. 무슨 조화야……."

"그가 뭐라고 했는지 알아? 약재를 더 달여 먹고 약초 침대에서 푹 자야 나을 수 있다고 말하잖아. 그 사람, 정말 미친 것 아냐?"

수연의 말소리가 바늘처럼 날카로웠다. 인하는 남편이 빨리 낫기를 바란다며 간호를 잘하라고 했다. 지극정성이면 하늘이 감동한다는 고전적인 문구를 인용하면서, 희망을 버리지 말라고 했다. 수연은, 기운 없이 "알았어." 하고 전화를 끊었다.

카페 문을 열지 않는 날에. 인하는 수연이 먹을 초밥과 꽃을 사 들고 문병을 갔다. 수연의 남편이 입원한 병실로 들어서자 수연은 자리를 비웠는지 보이지 않았다. 세 개의 링거 줄이 그의 손등에 꽂혀 있었다. 인하는 얼굴의 광대뼈가 돌출된 몰골에 숨을 몰아쉬는 그를 측은한 눈빛으로 바라보았다. 침상으로 가까이 다가갔다. 인하를 본 그가 잠시 움찔거렸다. 그녀의 눈빛에 안타까움이 묻어났다. 그의 눈동자가 가늘게 흔들렸다.

그 대학생을 다시 만난 곳은 수연의 결혼식장이었다. 그가 수연의 옆에 서 있었다. 인하는 심장이 멎는 것 같은 느낌에 예식을 하는 내내 고개를 똑바로 들지 못한 채 앉아 있었다. 속이 안 좋다는 핑계를 대고 피로연에 참석하지 않았다. 나중에 수연을 통해 조심스레 연락처를 알아내어 찻집에서 그를 만났다. 그가 군대에 있을 때 편지를 매주 보냈는데 답장이 오지 않자, 두 달 후부터는 보내지 않았다고 인하는 말했다. 그는 편지를 한 번도 받지 못했다고 했다. 제대 후 식당을 찾아갔지만 만날 수 없었고 전화 연락도 되지 않았다고 했다. 그 역시, 예식장에서 그녀를 보고 놀랐으며 나중에 절친한 친구라는 걸 알고는 며칠 잠을 이루지 못했다고 말했다. 그가 망연히 창문 바깥을 바라보았다.

혹시 수연이 우리 관계를 알고 있냐고 인하가 물으니 그는 고개를 가로저었다. 인하는 수연이 상처받을지 모르니 절대 얘기해서는 안 된다고 당부했다. 그가 가만히 고개를 끄덕였다. 수연을 위해 그를 잊겠다고 인하는 속으로 다짐했다. 그녀의 마음을 읽었는지 그가 입술을 꽉 깨물었다. 그가 집까지 차로 태워주겠다고 하는 걸 사양하고 인하는 집으로 돌아왔다.

수연이 소변 통을 들고 병실로 왔다. 얼굴이 핏기 없이 해쓱했다.

인하가 수연의 팔을 이끌고 휴게실로 왔다.

"너까지…… 얼굴이 말이 아니네. 잘 챙겨 먹어. 기운이 나야 간병이라도 잘할 수 있을 텐데……."

"워낙 본인 건강을 잘 챙기는 터라, 설마 이런 결과가 올 줄은 꿈에도 몰랐어. 어떻게 해야 할지 모르겠어."

기운 없는 수연의 목소리가 가랑거리듯 흘러나왔다.

"진심을 다해 기도해. 살려달라고. 큰 병원으로 옮겨 다시 검사도 받아보고. 혹시 다른 병일 수도 있잖아."

수연은 멍한 표정으로 고개를 돌려 창을 바라봤다. 새파란 하늘 위에 뭉게구름이 높다랗게 떠 있었다. 수연의 눈이 불그스름하게 보였다.

그 사람과의 일을 수연에게 숨긴 것이 잘한 것일까, 하고 인하는 스스로에게 물었다. 수연이 만약 그 사실을 알았다면 그와 헤어졌을까. 수연이 차라리 그와 헤어졌다면 더 행복했을까. 그 어느 것에도 그녀는 답할 수 없었다. 아직 결혼하지 않고 혼자 사는 것이 혹시, 그 사람 때문일까. 그것에도 그녀는 명확히 답변할 수가 없었다. 말할 수 있는 것은 예전에 그를 만났던 일이 시간이 흐를수록 어렴풋하고 희미해진다는 것이다.

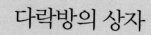

다락방의 상자

다락방의 상자

진교는 집 마당의 화단 턱에 걸터앉았다. 얼굴에 쓴 마스크를 시부
저기 턱 가까이 내리고 담배 한 개비를 꺼내 물었다. 멀리 백양산에 던
지는 그의 서름한 시선 너머로 허옇게 보이는 벚꽃 무리가 구름처럼
떠 있었다. 그가 손가락 한 마디 정도 남은 꽁초를 운동화 밑창으로 비
벼 끄고 있을 때, 박 소장이 갈색 나무 상자를 들고 다가왔다.

"다락방 도배하는데 이게 나왔어예. 버릴까예?"

그는 의아스런 눈빛으로 상자를 받아 들었다. 상자는 먼지로 뒤덮
여 있었다. 박 소장이 목장갑 낀 손으로 먼지를 털어내자 회색 먼지들
이 소르르 일어나 햇살 속으로 섞여 들어갔다. 밝은 햇살에 섞인 먼지
입자들이 기묘한 색으로 반짝이며 조금씩 퍼지며 날아갔다. 상자 위
에는 'Made in U.S.A'라는 글자가 찍혀 있었고 고리를 열어보니 사진,
편지, 손목시계, 향수, 카세트테이프, 전자기기 등 잡다한 것들이 들어
있었다. 오랫동안 처박혀 있었던 것일까. 구리터분한 냄새가 훅 끼쳐

서 그는 순간 몸을 뒤로 젖히며 인상을 찡그렸다.

　3년 전 회사에서 퇴직한 진교는 오랫동안 살았던 아파트에서 주택으로 이사하기 위해 집을 보러 다녔다. 처음에는 시골로 이사하려고 1년 동안 아담한 전원주택을 찾아보았지만 아내는 도리질했다. 집이 마음에 들면 마을이 너무 으슥해서 싫고, 마을이 정겨워 보이면 마당이 좁거나 집 구조가 마음에 안 든다고 했다. 정든 친구들이 다 부산에 사는데 멀리 가면 외롭지 않겠냐며, 아내는 급기야 시골로 가는 걸 포기했다. 다시 부산에서 이사할 집을 찾아다닌 지 6개월, 진교와 아내는 도심과 가까운 지금의 집을 매수했다. 아내가 노후 주택이라 망설이자, 서양에는 100년도 넘은 집에서 산다고 설득했다. 공원이 가까워 시야가 시원하고 공기가 맑은 데다 궂은 날씨에도 산책을 다닐 수 있다는 게 장점이었다. 아내는 병원과 마트가 가깝고 정원에 감나무, 치자나무가 있어서 마음에 든다고 했다. 처음에는 도배, 장판만 바꾸려고 했지만, 오래된 집이라 손댈 곳이 많아 리모델링 공사가 진행 중이었다. 어쩌면, 이 집에 뼈를 묻을지도 모를 일이었다. 그는 공사 진행을 살피려고 시간 날 때마다 이곳에 들르고는 했다.

　"내가 알아서 할 테니 일 보소. 이거는 뭔고?"

　진교는 전자기기로 보이는 작은 물건을 만지작거렸다.

　"이거는…… 삐삐라고…… 옛날에 누구 호출할 때 쓰던 건데예. 휴대폰 나오기 전에 와 기억 안 나는교?"

　진교가 고개를 끄덕이자, 박 소장은 안채로 들어갔다. 그는 뚜껑을 덮고 고리를 채웠다. 전에 살던 주인이 가져가지 않은 모양이었다. 그는 안채에 들어가 물수건을 하나 찾아와 상자 겉면을 꼼꼼히 닦았다. 전 주인이 찾으러 올지 모른다는 생각에 차량의 트렁크 안에 넣어두었다. 추억이 깃든 보물 상자처럼 보였다.

공사가 마무리되어 이사를 한 뒤, 그는 집을 찬찬히 둘러보았다. 페인트칠이 얼룩덜룩 벗겨져 갑각류 껍질처럼 너덜거리고 곳곳에 녹이 슬어 갈색 띠로 뒤덮였던 담이 매끈해지고 하얗게 달라져 있었다. 그 위를 방부목 데크로 된 울타리를 세우니 운치가 있어 보였다. 마당에는 흰 자갈과 편편한 조경석을 섞어 깔았다. 구석에 원목 테이블과 파라솔을 놓은 건 아내의 제안이었다. 감나무 두 그루와 치자나무 세 그루가 어우러져 보였다. 가재도구를 부려놓으니 사람 사는 집 같아 정감이 느껴졌다.

아내가 주방에서 점심상을 준비하는 동안 진교는 작은방으로 가 사다리를 타고 다락으로 올라갔다. 주방만 한 다락에는 볼품없는 A4용지 크기의 쪽창뿐이었지만 언젠가 손주들이 생긴다면 놀이방으로 이용할 것 같았다. 사다리에서 내려오는데 무심결에 공사 중 발견했다는 정체불명의 상자가 떠올랐다. 식사 준비가 다 되었다는 아내의 말을 귓전으로 들으며 차량으로 가서 상자를 꺼내왔다.

"들고 있는 거는 뭐꼬?"

식탁에서 서성이던 아내가 그가 들고 온 상자를 보며 의문의 턱짓을 했다. 그는 상자를 거실 테이블에 놓고 식탁에 앉았다.

"공사할 때 박 소장이 다락방에서 찾은 거라. 이사 간 사람이 다락은 와 안 둘러봤는지 모르겠네."

그는 고개를 갸웃거리며 말했다.

"뭐가 들었는데?"

아내는 수저를 식탁에 놓으며 물었다.

"사진, 편지도 있고 삐삐도 있고. 미제 시계, 향수…… 잡동사니……. 미제라서 나무 재질은 좋아 보이는데. 전 주인 연락처는 알고 있제?"

"계약서를 봐야 알지. 먼지는 좀 털었나?"

그는 아내를 보며 고개를 끄덕였다.

식탁에는 고등어구이와 재첩국이 차려져 있었다. 그가 냉장고에서 와인을 꺼내자 아내가 와인 잔을 두 개 가져왔다.

"수리하고 나이 영판 새 집 같네. 군내도 안 나고. 세월을 품은 새 집이라 해야 되나. 나는 딱 좋다 마."

아내가 살짝 흥분된 어조로 말하고는 와인을 한 모금 마셨다.

"해석이 좋네. 생각 잘했지를. 뼈대야 오십 년이지만 안에 들어오면 딱 아파튼 기라. 인자 어디 가겠노. 여기서 알콩달콩 사는 거제."

부엌 창밖으로 눈길을 주며 말하던 진교가 밥을 한 술 들려고 하자, 아내의 폰이 울렸다.

"그래, 연지동으로 이사했어. 뭐라고? 학원에 확진자가 다녀갔다고? 자가격리 이 주? 구청에서 생필품이 도착했고. 알았어. 조심하고. 다음에 놀러 오라매."

아내가 전화를 끊고 한숨을 내쉬었다. 처제의 전화였다.

"동생이 운영하는 영어학원에 코로나에 감염된 학부모가 다녀갔다 카네. 동생은 음성이 나왔는데 당분간 학원 문을 닫아야 할 끼고. 강사도 학생들도 모두 이 주간 자가격리를 해야 돼이…… 하이고 큰일이다 야."

아내는 고개를 절레절레 흔들었다. 아내보다 다섯 살 아래의 처제는 장전동에서 영어학원을 운영하고 있었다. 아직 미혼이어서, 아내는 처제가 늘 신경 쓰이는지 자주 연락하는 눈치였다. 20대에 무슨 사건을 겪은 이후로 결혼에 대한 생각을 접었다는데 그는 자세히 물어보지는 않았다. 첫사랑을 잃었다는 얘기만 은연중에 들은 기억이 났다. 결혼 초기에 처제와 함께 여행을 자주 다녔는데 그녀의 표정은 그리 즐거워 보이지 않았다. 웃음 뒤에도 구름이 지나가듯 우수에 젖은 표정이 종종 보였다. 그는 가끔 좋은 남자를 소개하겠다고 말했지만, 괜찮다는 답변만 할 뿐 처제는 그의 소개에 응하지 않았다. 그는 사랑의 상처가 큰 것이라고 짐작했다.

진교와 아내는 식사를 했다. 점심상을 물리고, 진교는 소파에 앉아 상자를 열어보았다. 훅, 이상한 냄새가 풍겼다. 그는 코를 싸쥐었다. 군내와 곰팡내, 야릇한 향이 뒤섞여 오묘한 냄새가 나오고 있었다. 상자 속에 편지나 사진은 색이 바래고 낡아 제대로 식별되지도 않았다. 편지는 모두 아홉 장이었고 사진은 세 장이었다. 남자는 미군의 복장을 하고 있었다. 여자는 어깨까지 내려오는 파마 머리에 선글라스를 쓴 채 흰 블라우스와 남색 치마를 입고 있었다. 다른 사진은 희미해서 잘 보이지 않았다. 편지는 전부 영문으로 되어 있었는데 날려 쓴 활자에다 색이 바래 있었다. 위에는 'To My dear H.I'라고 적혀 있었고 편지 아래에는 'From J.F, 1991. 5.10' 라고 적혀 있었다.

설거지를 마친 아내는 "전화해서 찾아가라 캐라. 남의 물건 우리 집에 굴러다니는 것 나는 딱 싫대이."라고 말하고는 방으로 들어갔다. 그는 아내의 말에도 아랑곳없이 편지 내용이 궁금해졌고 미군의 연애편지에 묘한 호기심이 밀려왔다. 비교적 알파벳 식별이 잘 되는 편지 한 장을 찾아 스마트폰 사전을 열어 뜻을 찾아보았다.

너를 만난 지도 6개월이 되었다. 광안리 해변의 클럽에서 너를 처음 봤을 때, 친구들 속에 둘러싸여 있던 너는 누구보다 어여쁘고 청초한 수선화 같았어. 영어 동아리의 회원인 너는, 영어와 한국어를 섞어서 말하는 게 옆자리에서도 들렸는데 나는 그때마다 발음을 교정시켜주고 싶었어. 친구들처럼 열심히 배우려는 열성을 보며 감동을 받기도 했어. 네가 앉은 테이블로 나는 생맥주를 보내주었고 너는 친구들과 돌아보며 댕큐, 댕큐를 연발하며 영어로 말해보려고 안달을 냈지. 그때 나를 바라보던 너의 맑은 갈색 눈동자에 난 반해버렸어. 외꺼풀의 눈, 가느스름한 어깨와 앙바틈한 몸집이 묘한 매력을 풍겼어. 너 역시 날 보며 눈빛을 반짝였지.

두 번째로 만났던 어느 날, 나는 너에게 말을 걸었고 너는 나비처럼 날개를 펴고 날아왔어. 너에게는 남자친구로부터 전화가 가끔 걸려 왔지만, 너는 신경 쓰지 않았어. 그 남자를 친구 이상으로 생각하지 않는다며 눈웃음을 머금고 말했지.

오 내 사랑!

아내가 방문을 열어 진교를 내다보며 양 미간을 찌푸리자 그는 편지를 후다닥 상자 안에 넣고 뚜껑을 덮었다. 그는 협탁 서랍에서 계약서를 찾아 전 주인에게 전화를 했다. 그가 상황을 설명하자, 상대방은 금시초문이라며 알아서 처분하라고 했다. 그는 머쓱한 표정을 지으며 전화를 끊었다. 아마, 90년대에 살았던 사람의 물건인데 찾아가지 않고 다락의 한구석에서 오랫동안 뒹굴고 있었던 모양이었다. 상자의 주인이 30년이 지나 새삼스레 찾아올 리는 없을 것이다. 미군과 사귄 여자라는 짐작이 갔다.

진교는 오래된 물건을 모으는 습관이 있었다. 시간이 지나면서 그 물건들은 소중한 추억의 보물이 될 거라는 생각이었고, 절대 잃어버리거나 흘려버려서도 안 된다는 생각이었다. 학생 때부터 모으던 우표 책을 그는 아직 간직하고 있었다. 올림픽 기념이나 대통령 취임 때마다 나오는 기념우표도 차곡차곡 모으고 있었다. 학교 숙제로 썼던 일기장 10여 권이며 졸업장, 정근상 등의 상장도 앨범과 같이 보관하고 있었다. 여행을 다니면서 작은 기념품을 하나씩 사서 모아놓기도 했다. 중요한 물건들을 상자에 모아둔 그 여자에게 그는 일말의 동정심을 느꼈다.

"전 주인이 찾으러 온다 카더나?"

아내가 또 방문을 열고 고개를 내밀었다. 그는 멀뚱한 표정으로 생각에 잠겨 있다가 아내의 말을 듣지 못했다. 90년대에 살았던 여자가 이 비밀스런 상자를 찾아가지 않은 데는 무슨 곡절이 있는 게 아닐까. 그의 머릿속은 의문과 호기심으로 헝클렸다. 아내가 다가와 옆에 앉더니 상자를 열어보았다.

"아따 옛날 물건들이 소복하네. 이 배지는 뭐꼬? 이국적인 게 미군 군복에 달려 있었는갑네. 명품시계도 있고 향수도 있네. 시계는 고장 나서 인자 안 될 끼고. 이 향수는 아직 조금 남아 있다야. 아이고, 냄새 참 고약하대이."

아내가 옆에서 소곤대는 것도 아랑곳없이 그의 눈빛은 허공의 어떤 물질에 무심히 머물렀다. 마치 이 집에 그 주인이 유령처럼 떠 있기라도 한다는 듯이. 사진의 주인공이 그때 20대라면, 지금은 50대일 것이다. 그들이 누군지 찾을 수는 없을까. 이곳은 옛날 하야리아 부대 주변이니 미군이 살았을지도 모른다. 그 여자도 함께 살았을까? 미군은 떠났지만 여자는 어딘가 살고 있을지도 모른다. 결혼해서 함께 떠났을 수도 있었다. 그런데 왜 소중한 상자를 갖고 가지 않았을까. 그는 상자를 찾아주고 싶다는 욕구를 억제하기가 힘들었다.

"전 주인은 아이고, 구십 년대 살았던 여자의 물건 같은데…… 하야리아 미군과 사귄 여자가 이 집에 살았는지도 모르제. 아이면 사귀다가 놀러 올 수도 있었을 끼고."

그가 아내를 곁눈질하며 심드렁하게 말했다.

"소중한 물건 같은데 왜 안 찾아갔는고? 구십 년대면 삼십 년 전인데……."

아내가 고개를 갸웃거리며 말을 하다 카세트테이프를 만지작거렸다.

"사이먼 앤 가펑클, 카펜터즈, 하이고, 감성 쩐다. 이거는 뭐꼬?

Jeff's songs. 녹음한 노랜갑다. 카세트 어딨노? 미군 노래 함 들어볼까? 이사올 때 다 버리뿟제."

"있어도 글타. 삼십 년 전 테이프가 제대로 작동이나 할라꼬? 마 이리 두가."

진교는 아내에게서 상자를 받아 들고 다락방 구석에 올려두었다. 막상 버리기에는 선뜻 내키지 않았다. 누군가의 추억 상자에는 인연의 사슬과 무늬가 시간이라는 다리를 넘어 소록소록 녹아 있기 마련이었다. 버리고 나면 끝인데. 주인을 찾을 수만 있다면…… 그는 아쉬움을 떨쳐내기 어려운 표정으로 다락방을 나왔다. 경찰에 분실물 신고를 해서 수사를 부탁해볼까? 그는 피식 웃으며 고개를 내저었다.

며칠 후, 진교가 소파에 앉아 신문을 들여다보고 있는데 서류봉투를 든 아내가 현관문을 열고 들어왔다. 부동산에서 등본을 찾아오는 길이라고 했다. 아내의 표정이 붉게 상기되어 있었다.

"상자에 대한 얘기를 해봤는데, 이 집에 무슨 소문이 있었다 카네."

"소문?"

"옛날에 여기가 미군 사택이어서 미군이 살았단다. 미군이 한국 여자를 사귀었는데 술집 여자는 아니고 영어도 좀 할 줄 알고 똑똑한 여자였는데, 무슨 불미스런 일을 당했다네. 여자와 동거한 모양이더라. 미군이 죽었는지 그 여자가 죽었는지…… 암튼 누군가 죽고 사달이 났다 카네. 부동산에서도 소문을 들은 거라 자세히는 모르겠다 카고. 불길한 물건인데 갖다 버리뿌라. 엉성시럽다."

아내가 손으로 손사래를 치며 언성을 높여 말했다.

"소문은 소문이고…… 인자 신경 끊으래이. 내 알아서 처분할 끼다."

진교는 아내의 말에도 굽히지 않겠다는 듯 단호하게 말했다.

점심을 먹고 아내는 약속이 있다며 외출 준비를 하고 나갔다. 진교는 마당 구석에 있는 텃밭으로 갔다. 아직 씨를 뿌리지 않은 밭에는 잡풀만 올라와 있었다. 모자를 쓰고 창고로 갔다. 미처 창고를 치우지 않아서인지 내부가 어수선했다. 버려야 할 재활용품들이 커다란 박스 안에 들어가 있었고 긴 호스, 양동이, 호미와 삽, 물뿌리개, 목장갑 등이 어지럽게 널려 있었다. 창고 안을 대충 치우고 목장갑과 호미를 들고 와 텃밭 구석에 쪼그려 앉았다. 풀들은 생각보다 쉬 뽑히지 않았다. 오랫동안 손을 보지 않고 방치되었는지 풀들은 흙 속에 단단히 박혀 있었다. 시간은 작은 풀잎 같은 생명도 끈질기게 얽어매는 듯싶었다. 잡풀 정리를 겨우 다 마치고 물뿌리개로 물을 뿌려 흙을 좀 고르고 나니 해가 서쪽으로 기울어 있었다. 그는 일어나 뻐근한 목과 다리를 움직여 풀었다.

저녁 시간이 되었는데 아내는 집에 오지 않았다. 날이 어두워오는데 연락도 없이 이토록 늦는 날은 잘 없었다. 슬며시 걱정이 되기 시작했다. 시장기를 느꼈지만, 아내와 함께 먹기 위해 기다렸다. 아내는 전화를 받지 않았고 메시지에 대한 답장도 없었다. 여덟 시가 되자, 사위는 어둑해졌고 비까지 세차게 내렸다. 휴대폰을 소지하고 있으면 언제든 연락이 된다는 생각에 친구들 연락처도 받아두지 않았다. 그는 심장이 벌떡이며 타들어가는 느낌에 냉수만 연거푸 마셔댔다. 시장기를 견디지 못한 그는 주방으로 가서 라면을 하나 끓여 오미자주와 함께 먹었다.

진교가 소파에서 잠시 잠들었다가 눈을 떴을 때는 밤 열한 시였다. 장대비가 내리며 현관과 거실 창을 들이치는 소리와 구급차 사이렌 소리가 뒤엉켜 동물의 기묘한 울음소리처럼 쉴 새 없이 들렸다. 이사 온 집을 못 찾는 게 아닐까? 실수로 전화기를 어디에 두었다가 잃어버린 것이 아닐까? 혹시 사고라도 난 게 아닐까. 그의 아내는 일상생활을 못 하는 정도는 아니지만, 기억이 어두운 편이고 특히 밤눈이 어두웠다. 창밖으로 하얀 광선이 빗금을 긋는가 싶더니 잠시 후에 우레 같은 소리가 들렸다. 그는 한숨을 연거푸 내쉬었다.

주택을 계약할 때나 공사 중에도 늘 함께 차를 타고 다녔기 때문에 시내에서 찾아오는 길을 모를 수도 있을 것이다. 이렇게 밤늦도록 돌아오지 못하리라고 그는 생각하지 못했다. 더구나 비가 오는 밤이니 더 걱정이었다. 어쩌면 진교가 수사를 부탁해야 하는 건 상자의 주인이 아니라, 아내인지도 모른다는 생각이 퍼뜩 지나갔다. 천둥 번개가 어둠을 내리치며 계속 흔들어댔다. 거실을 하릴없이 왔다 갔다 하던 그가 마스크를 쓰고 우산, 휴대폰을 찾아 들었다. 막 현관문을 열었을 때 전화가 울렸다. 휴대폰에서 뿜어져 나오는 불빛이 마치 캄캄한 바다를 비추는 등대 불빛처럼 보였다.

"여보, 여기 여동생 혜인이 집 앞인데 택시가 안 잡힌다. 우짜꼬. 운전해서 빨리 이리로 좀 와주면 안 되겠나?"

"대체 우째 된 기야? 격리 중이라는데 거긴 또 왜 갔노? 지금 나가."

진교는 사고가 아니라는 사실에 안심이 되면서도 은근히 화가 났다. 장전동 처제의 집 앞에 도착하자 아내는 비가 뚝뚝 떨어지는 몸으로 조수석에 올라탔다.

"친구들과 저녁을 먹고 헤어졌는데 혜인이가 어디 못 나가니 음식이라도 해주려고 장을 봐서 갔지 뭐. 음식 장만하고 얘기한다고 시간이 그만큼 흘렀는지 몰랐는 기라. 나중에 보니 당신 전화가 와 있더라고."

"격리 중인데 가도 되나? 당신, 뒷좌석으로 옮겨 앉아야 되는 거 아이가? 와 이래 불안하노."

진교는 걱정스런 표정으로 아내를 흘깃거렸다.

"그 애는 방에 따로 있었으니 걱정 안 해도 된다 마. 멀찌감치 떨어져서 차만 한잔 했데이. 당장 먹을 것도 별로 없고, 구청에서 보내준 게 다 즉석식품이더라고. 외출을 못 해서 그런지 내가 가이 얼매나 반가워하는지. 한참 수다를 떨었다."

"처제가 혼자 살아 이럴 때는 참 불안한 기라."

"혜인이, 이제 걱정 안 해도 된다. 우리가 한 도시에 살고 있으이 서로 도우면 될 끼고. 이제 영어학원도 자리 잡았다."

"처제 젊었을 때 사귀던 남자가 죽었다 캤나?"

"그때 사연이 좀 있었는 기라. 가족한테도 쉬쉬하다 우리도 나중에 알았제. 한동안 우울증 치료 좀 받았을 끼라."

"외국인이었나?"

"이 사람이 와 이래 자쿠 물어쌓노? 미국 남자다. 와 됐나? 아이고 찝찝해래이. 빨리 가서 샤워해야지. 원."

그는 처제에 대한 의문이 생기면서 고개를 갸웃거렸다. 혹시 상자의 주인일지도 모른다는 생각이 퍼뜩 들었다. 영어강사를 거쳐 40대 중반에 프랜차이즈 영어학원을 운영하면서부터 처제는 바쁘다는 핑계로 가족 모임에 잘 나오지 않았다. 1년에 한 번 볼까 말까 했지만 원장이 된 처제는 제법 관록이 느껴졌고 활기차 보였다. 가끔 휴대폰으로 원어민 목소리가 들리기도 했다.

진교는 처제가 의심이 들었지만 확실한 증거도 없이 아내에게 물어볼 수는 없었다. 맞다면 아직 아내가 눈치를 못 챌 리 없을 터였다. 그는 고개를 저으며 의심을 털어냈다. 그런데 상자에 대한 미련을 쉬 떨치기가 어려웠다.

집에 도착하여 아내는 욕실로 들어가자 그는 다락에서 상자를 꺼내왔다. 편지를 꺼내어 수신인을 눈여겨보았다. 'My dear H.I' 그는 아리송한 표정을 지었다.

진교는 산책을 하려고 시민공원으로 갔다. 북문으로 들어서자, 길이 세 갈래가 보였다. 오른쪽 길로 들어서서 허청허청 앞을 향해 걸었다. 오른쪽 보조 잔디장에는 국제 아트센터를 건축하느라 높다란 회색 가림막이 둘러쳐져 있었다. 새순이 돋는 은행나무 도로를 따라가니, 말굽거리가 나왔다. 입구에 세워진 안내문에 의하면 1930년대 일제강점기 때의 경마트랙이며 그때의 도로를 기념하기 위해 붉은 황토 포장으로 해놓았다고 했다. 진교는 말굽거리를 따라 걸었다. 노란 황매화가 바람에 따라 움실거렸고 흐드러진 벚꽃 옆에 봉오리가 맺힌 붉은 철쭉도 보였다. 퀀셋 막사였던 뽀로로도서관 부근에는 유채꽃이 많이 피어 있었다. 새봄의 햇살에 수액을 가득 머금은 나무들의 잎들이 푸르러지고 가지가 실팍해지고 있었다.

평일인데도 산책객들이 많이 보였고, 곳곳의 잔디밭에 무리를 지어 돗자리를 깔고 앉아 음식을 먹고 있었다. 고개를 돌려보니 사병이 보초를 서는 망루가 보였는데 진교는 그곳이 가장 부대다운 모습을 보여주는 곳으로 느껴졌다. 바닥에는 철제로 된 탄약통 같은 것들이 켜켜이 쌓여 있었는데 '1985년부터 2006년까지'라고 표기되어 있었다.

3미터도 넘는 긴 막대기들이 일정한 간격으로 주욱 세워진 곳에서 진교는 걸음을 멈추었다. 대략 세어보니 40개가 넘었다. 안내문에는 기억의 기둥이라고 되어 있었는데 하야리아 부대가 주둔했던 당시 나무 전봇대인데 꼭대기에 태양광을 장착해서 세워둔 것이었다. 전봇대야말로 그 시대를 적나라하게 비추는 것 아닌가. 그는 고개를 끄덕였다.

진교는 미군부대가 사라지고 남은 흔적들이 이물스럽게 보였다. 시민의 품에 돌아왔지만 미국의 잔재가 군데군데 남아 있었다. 우리의 땅에 뿌리내리고 있으면서도 미군부대였던 그 시간들은 감추어지지 않고 불쑥불쑥 튀어나왔다. 그는 그게 이상한 조합처럼 보였다. 역사는 세월이 흘러도 묻히지 않고 오롯이 떠오르는 법이라고 말하는 것 같았다. 저 높다랗게 치솟은 기억의 기둥처럼!

진교는 하야리아 잔디밭 쪽으로 걸었다. 누군가 웃으며 다가오는데 자세히 보니 친구 현욱이었다. 모두 마스크를 쓰고 다녀서 눈여겨보지 않으면 잘 알아보지도 못할 판이었다. 대학 동창인 현욱과는 10년 전 식당에서 우연히 만난 후, 요즘은 자주 연락하고 있었다. "오랜만이데이." 반갑게 손등으로 악수를 하고 함께 걸었다. 현욱은 북카페로 가서 차 한잔 하자고 했다. 걷다 보니, 흔적극장 앞이었다. 원형극장 형태의 가운데에는 갈색의 삼각기둥이 우뚝 세워져 있고, 지붕에 '흔적극장'이라는 글자가 흰색 고딕체로 새겨져 있었다.

"여기는 뭐 하는 데고?"

진교가 발걸음을 멈추고 현욱에게 물었다.

"영화나 공연을 관람하는 극장이었는데 미국 영화를 직수입해서 상영한 곳이었제. 지금은 입구만 남았는 기라."

현욱이 말했다.

"부대 안에 극장이라…… 미국인들은 참 여유만만했네. 군인들이 영화 볼 여가를 다 누리고. 우리하고는 다르네."

진교와 현욱은 북카페 쪽을 향해 계속 걸었다. 굴거리나무, 후박나무들을 지나 흰 꽃들이 나지막하게 지천을 이룬 조팝나무 군락지가 보였다. 하얀 눈가루를 뿌려놓은 것 같았다. 꽃들 앞에서 산책객들이 사진을 찍느라 분주했다. 부대 내 학교 건물이었던 시민사랑채 백산홀 앞에 노인들이 백신 예방접종을 위해 줄지어 의자에 앉아 있었다.

"민주주의가 빨리 도입된 선진국이라 그런 거제. 우리가 이 땅을 되찾은 게 어디고."

"맞다. 이제야 우리 땅으로 마음껏 누리고 다닐 수 있으이…… 감개무량, 상전벽해 아이가."

"이게 다 시민단체들이 합심하여 꾸준히 문제를 제기하고 반환운동을 열심히 한 덕분 아이겠나."

현욱이 진교를 보며 흥분된 어조로 말했다.

"맞다. 고생 없이 얻는 게 뭐 있을라꼬. 우리 대학 다닐 때, 주한미군 철수하라고 얼매나 데모했노? 미군부대 안에 쳐들어가기도 안 했나. 나중에 경찰이 와서 주동 학생들 다 연행해 갔제. 니 기억 안 나나?"

진교가 기억을 더듬으며 말했다.

"맞다, 기억나지를. 다 인고와 부침의 세월인 기라. 그런 시간들이 있었기에 이 땅을 밟아보는 거제."

북카페에 들어섰다. 손님들은 혼자 띄엄띄엄 앉아 책을 보고 있을 뿐, 한산했다. 탁자에는 교대로 '거리 두기' 스티커가 붙여져 있었다. 차를 주문하기 전에 열 체크를 하고 방명록에 시간과 사는 구, 연락처 등을 기입했다. 두 사람이 자리에 앉고 차가 놓였다.

"어렴풋이 생각난다 야. 우리 중학생 때였나? 부대 개방했을 때 한 번 들어와봤거든. 추수감사절 같았는데…… 부대 정문이 확 열리고 우리는 기다렸다는 듯 안으로 쏟아져 들어갔지. 정문에서부터 매대가 주욱 늘어서고 부스별로 각 나라와 지방의 음식을 팔았는데 꼭 박람회 같더라고. 햄버거, 피자, 전주비빔밥, 춘천닭갈비, 산성막걸리, 빈대떡 등. 싸게 팔았다 아이가. 음식뿐 아니라 옷, 신발, 잡화 등 없는 게 없을 정도로 시장이 열린 거제. 하늘에서는 낙하산이 내려오고, 광대가 어슬렁 돌아다니고. 어른 아이 할 것 없이 그 축제를 즐겼는 기라. 동전을 던져 표적을 맞히면 여자가 물에 빠지는 게임도 생각날라 한다."

진교는 아련한 표정으로 먼 기억을 더듬었다. 생각에 집중하느라 그런지 얼굴이 뻣뻣해지고 눈가가 불뚝거리는 느낌이었다.

"나는 사령관 숙소에 한 번 들어갈 기회가 있었거든, 그날 스테이크를 실컷 먹었는 기라. 그때 먹은 미국 쇠고기가 우째 그래 맛있겠노. 이 카페가 바로 그 사령관 숙소였다. 세월이 흘러 이런 북카페가 될지 누가 알았겠노."

현욱이 북카페를 둘러보며 말했다.

"내 얘기 함 들어봐라. 이번에 이사한 집에서 이상한 상자 하나가 나왔는 기라. 한국 여자가 미군과 사귀다가 갖게 된 상자 같기는 한데…… 미군한테 받은 걸로 보이는 선물도 들어 있는 기라. 무슨 사연이 있었는지 자꾸 궁금해지고 주인을 찾아주고 싶은데. 우째야 되겠노……."

"하야리아 부대가 주둔해 있을 때 술집이나 클럽에서 미군들한테 몸 파는 여자들 좀 많았나. 우리나라가 육이오전쟁 후에 얼마나 못 살았노? 미군들이야 물자가 넘쳐났지. 그런 미군하고 결혼이라도 해서 미국 갈라고 몸이 들썩들썩한 여자들이 줄을 섰는 기라. 내가 부대 피엑스(Post eXchange)에서 오 년쯤 근무했다 아이가. 그때 남문 근처에 살았거든. 상권이 제법 활기가 있어서 주변 상가는 돈벌이가 좀 쏠쏠했지."

"피엑스? 거기는 우째 들어갔는데?"

"우리 삼촌이 그 당시 하야리아 카투사였다. 소개로 들어갔는데 평

생직장은 아이라 마 나왔지."

"듣기로 수입이 짭짤했다 카던데. 미제 물건들 입맛대로 살 수 있었을 끼고. 거기 있는 상품들 들고 나와 한국인들한테 마이 팔아 묵었제?"

"법적으로는 안 된다 카는데 야미로 몰래 빼돌려 좀 팔아뭇다. 면세라서 싸고 미제라 하니 니도 나도 달려들대. 과자, 냉동식품, 빅팜(소시지), 초콜릿, 커피, 양주, 담배, 생필품…… 없는 게 없었제. 부대의 삼 번 게이트로 나 같은 판매원이나 한국인 노무자들이 많이 다녔거든. 미군들도 퇴근시간 지나면 그 문으로 나와서 양복점이나 양화점에서 양복, 구두를 맞추기도 하고 클럽에 가서 술을 마시기도 했제. 그 게이트는 한국과 미국의 경계선이라 생각하면 된다. 그 문만 넘어서면 미국이라 카이. 병원, 학교, 마트, 영화관, 야구장…… 미국의 한 도시가 옮겨왔다 생각하면 되는 기라."

"니도 나도 살짝 넘어가고 싶었겠네."

"그기 마음대로 되나? 신분증이나 출입증이 있어야제."

창 밖으로 우람한 왕벚나무 한 그루가 휘우듬 기울어져 보였다. 하야리아 부대의 역사와 함께 저 자리를 묵묵히 지켜온 나무일 터였다. 세월과 바람과 햇살이 저 나무 둥치의 무게에 실려 있으리라. 그때의 미군들도 봄이 되면 저 왕벚나무 앞에서 사진을 찍으며 햇살을 받았으리라. 누군가는 떠나고 또 누군가는 그 자리를 지킨다. 진교는 창밖을 보며 생각에 잠겼다.

"요새 별로 할 일이 없어 그런지 그때 무슨 일로 그 상자를 안 가져갔는지 자꾸 궁금한 기라. 편지 날짜로는 구십일 년이고 여자가 지금 나이로 오십 대가 되었지 싶다."

"그때 미군들 사건 사고 많았다 마. 폭력도 마이 일어났고. 한국 여자들하고 죽니 사니 마 대기 시끄러웠다. 니도 참. 그기 그래 궁금하나? 뭐 사귀다가 마음이 변해갖고 돌려준 거 아이겠나. 미군은 괘씸해서 안 들고 갔고. 선물 준 거 도로 가져갈 사람 누가 있노?"

"무슨 곡절이 있었을 끼라. 한국 여자한테 무슨 사연이 있는지도 모를 끼고. 우째 찾아주는 방법 없겠나 말이다."

"시간이 너무 오래돼뿌서 되겠나? 신문사에 한번 물어볼까? 아는 기자가 한 사람 있는데 될랑가 모른데이."

"안 바쁘면 좀 알아봐두가. 내가 술 한잔 사꾸마."

"신문사에는 와 지난 자료가 다 남아 있는 거 아인가. 함 알아보기는 하는데 너무 기대하지는 마라."

진교는 실죽 웃으며 고개를 끄덕였다. 왠지 실마리를 잡을 수 있을 것 같은 예감이 들었다.

현욱으로부터 연락이 온 것은 일주일 후였다.

"김 기자가 지난 구십일 년도 보도자료를 뒤졌는데 천구백구십일 년도 팔월에 하야리아 부대 인근 클럽에서 폭력 사건이 발생한 기록이 나온다네. 미군들 사이에 사건사고는 워낙 많았다는 거는 알고 있제. 한국인 청년이 크게 다쳐 응급실로 실려 갔다는 자료도 있다 카고. 근데 이 정도 갖고 상자의 주인을 찾기란 광안리 백사장에서 바늘 찾기 아이가. 진교야. 마 됐다. 그만해래이."

진교는 현욱의 말을 듣는 순간, 눈에 불꽃이 일어나는 것 같았다. 폭력사건이 많았다고 하지만, 연도가 일치하는 걸로 보면 어느 정도 연관성을 유추해볼 수 있을 것 같았다. 그는 심장박동이 빠르게 뛰는 걸 느꼈다.

"현욱아, 진짜 고맙대이. 더 자세히 알고 싶지만…… 마 됐다."

"그게 전부다 마, 내가 의리로 봐서 그 정도라도 알아낸 거데이."

보도자료에 남아 있는 사건이라면, 일간지에도 나왔을지 모른다는 생각이 퍼뜩 스쳤다. 전화를 끊고 그는 내친김에 인근의 도서관으로 향했다. 정기간행물 열람실로 들어가 1991년 8월의 지역 일간지를 부탁했다. 사서는 서고로 들어가더니 한참 후에 신문철을 들고 나왔다. 그는 열람실 테이블 위에 신문철을 펼치고 사회면 기사를 차곡차곡 넘기며 읽었다. 미군부대와 관련된 기사는 11일자 하단에 짤막하게 나와 있었다.

미군과 한국 남자, 연인을 두고 시비 끝에 폭행

10일 저녁, 하야리아 부대 정문 앞 ○○클럽에서 미군과 한국 남자 사이에 언쟁이 벌어져 폭행으로 이어졌다. 한국 남자와 미군이 크게 다쳐 응급실로 실려 갔다. 미군과 사귀는 것으로 알려진 한국 여자는 다친 남자의 전 연인으로 밝혀졌다.

연도와 일자가 거의 비슷한 것으로 보아 상자와 관련된 것이라고 진교는 추정했다. 한국 남자와 미군이 한 여자를 사랑한 데서 발생한 치정 사건임이 분명해 보였다. 소문에 누군가 죽었다고 했는데…… 그 남자가 아닐까. 그 충격으로 여자는 상자를 챙길 염도 없이 급히 떠났고. 진교는 머릿속으로 상상을 거듭했다. 그렇다 하더라도 그 여자의 행방을 찾는 일은 묘연했다. 그는 한숨을 푹 내쉬며 고개를 가로저었다.

집으로 돌아오자, 아내가 소파에 앉아 휴대폰을 터치하고 있었다.

"아무래도 주인 찾아주는 거는 글렀지 싶다. 신문 찾아봤는데 사건 기록은 있어도…… 그 여자 행방을 찾기는 역부족인 기라."

진교가 아내의 옆에 털썩 앉으며 말했다.

"잘 생각했데이. 주민센터에 주소를 의뢰할 수는 있어도 인권이니 정보 유출이니 해서 안 알려줄 끼고. 버리고 간 걸 찾아주려고 애쓸 필요도 없는 거 아니가. 됐고 이 사진 함 봐라. 혜인이가 집에만 있어 심심한지 여행 가서 찍은 사진들, 인스타그램에 주욱 올려놨는기라."

아내가 안도의 눈빛으로 말하고는 휴대폰을 내밀었다.

처제의 인스타그램 닉네임은 'HI-song'이었다. 주로 유럽에서 찍은 사진이 많았다. 그는 처제의 영문 닉네임을 자세히 들여다보다, 화들짝 놀랐다. 선글라스를 쓰고 찍은 얼굴 또한 상자 속 사진과 닮아 보였다. 그는 어, 하며 눈을 휘둥그레 뜨고 아내를 쳐다보았다. 처제 이름이 혜인이지? 그는 벌떡 일어나 다락에 있던 상자를 들고 왔다. 아내의 옆에 앉아 상자를 열어 편지를 꺼냈다. 편지의 영문 이름과 처제의 닉네임 영문이 같았다. 그의 머릿속으로 뭔가가 뇌우처럼 번쩍였다.

"당신, 상자는 왜 또 갖고 오고 난리고?

"혜인 처제 아인나. 미국인과 사귀었다고 한 거 맞제. 이십 대에. 혹시 미군 아이가."

"그래. 영어 공부 한다고 그 애가 외국인들 잘 쫓아다녔거든. 미군? 와 그라노?"

그는 회심의 미소를 지었다. 이제야 마지막 퍼즐을 찾을지 모른다는 생각에 심장이 콩닥거렸다.

"이 사진 자세히 들여다봐라. 누구 닮았노?"

진교가 사진을 꺼내 아내의 눈 가까이 내밀자, 아내가 눈을 부릅뜨고 들여다보았다.

"이 사진이 혜인이 닮았다꼬? 지금 자다가 봉창 두드리나? 아이다. 내가 그걸 모르겠나? 우리 혜인이 절대 아이다 마."

아내가 격앙된 목소리로 말했다.

"이 편지에 적힌 거랑 인스타에 있는 거랑 이니셜이 같다 아이가. 나이나 사진도 좀 비슷하고. 그러니…… 잘 생각해보라 카이. 사귀던 미국 남자가 죽었다 안 캤나."

편지를 든 진교의 손이 숫제 덜덜 떨고 심장이 두방망이질치고 있었다. 상자에 대한 의문의 헝클어진 퍼즐 조각들이 그의 머릿속에서 차례로 맞추어지고 있었다. 아내는 절대 아니라는 표정으로 고개를 절레절레 흔들었다.

"참 당신도, 내가 혜인이가 사귄 남자 집을 몰라 여기로 이사 왔겠나? 할 일이 없으니 별 상상을 다하고…… 어디 봉사활동이나 하러 다니라 차라리…… 거기에 왜 우리 혜인이를 집어넣노. 기가 막히대이."

아내가 벌게진 얼굴로 그를 노려보았다. 그는 여전히 아내의 말이 믿기지 않는 듯 고개를 갸웃거렸다.

"가만있어 보래이. 미군은 절대 아니고…… 원어민 강사랑 2년 정도 사귄 적 있을 끼야. 가끔 만나서 밥을 먹고 맥주 한잔하고, 그러다 좀 사이가 깊어졌는데 그 미국 남자가 어느 날 본국으로 갔는데 거기서 고마 교통사고로 죽었다 아이가."

아내의 목소리가 떨려 나왔다. 그는 굳은 표정으로 천천히 고개를 끄덕이며 편지와 사진을 넣고 뚜껑을 덮었다. 이제 보니 상자의 나무 겉면이 온통 긁힌 상처 투성이었다. 여기저기 모서리가 패이고 찍힌 데다 흠집이 많았으며 볼펜으로 된 자잘한 낙서까지 보였다. 그는 가만히 상자를 쓰다듬었다. 긁힌 자국은 미처 보지 못하고 주인 찾기에만 골몰했던 자신이 순간 부끄러웠다.

"우리 혜인이 아인나…… 그 미국 강사가 죽고 충격을 받아 한동안 정신과 치료도 받고 그랬다. 젊었을 때 그 애 웃는 얼굴을 내가 별로 본 적이 없어……."

아내는 숫제 흐느끼듯 말을 이었다. 그는 할 말을 잊은 채 측은한 눈빛으로 그 상자를 물끄러미 바라보았다.

응시와 치유로서의 글쓰기

심영의 ㅣ 소설가 겸 평론가 · 전남대 교수

1. 비스듬히 바라보기

바로크 회화의 대표적인 걸작 중 하나인 한스 홀바인(Hans Holbein) 2세의 그림 〈대사들〉(1533)은 메멘토 모리(Memento mori), 곧 '자신의 죽음을 기억하라'는 바니타스(Vanitas)적 의미뿐 아니라 아나모르포시스 (anamorfosis)적 거울로서의 의미로도 푸코 이후 현대철학자와 문예 비 평가들 사이에 자주 인용되고 있는 텍스트이다. 라캉에게 응시는 아나 모르포시스처럼 왜곡된 상(image)이다. 라캉은 홀바인의 그림 〈대사들〉 에서 얼핏 보면 남근처럼 보이는, 가운데 아래쪽 길쭉한 모양의 물체가 약간 고개를 돌려 바라보면 사실은 해골이라고 말한다.

지젝은 여기에 착안해서 '비스듬히 바라보기(looking awry)'라는 제목 의 글을 쓴다. 바라보기, 응시란 곧 충동(Trieb, drive)이다. 충동은 정신 분석학의 핵심적 탐문 대상이다. 충동은 유아기에 아이가 어머니라는 대타자(The Other)에 대해 경험하게 되는 추상적인 쾌락의 흔적이다. 김민혜 소설집『기억의 바깥』에 수록되어 있는 여덟 편의 단편소설은 응시를 통해 상처를 치유하고 나아가 아리스토텔레스적 의미에서 쾌락(행복)을 추구하는 서사다.

우선「엄마의 문장」속 '미래'는 '엄마'를 바라본다. 보다 정확하게는 엄마의 일상을 응시한다. 아직 취업에 성공하지 못한 미래는, 그래서 여전히 취업 준비 공부를 하고 있는 미래에게는, 그녀가 중2 때 병환으로 돌아가신 아버지를 대신해 온갖 궂은일을 마다하지 않고 생활비를 벌어야 하는 엄마가 있다. 요즘엔 몸이 아파 쉬고 계신다. 엄마가 주말에 사찰에 다녀오겠다고 떠나고, 그래서 엄마가 하룻밤 집을 비우는 틈에 미래는 엄마의 일기(타자의 목소리)에 생각이 미친다. 엄마의 화장대 서랍에는 레몬빛 가죽 수첩이 들어 있고, 그 안에는 일기가 깨알같이 박혀 있을 것이다. 엄마의 사생활이 문득 궁금했다. 그러나 미래는 아무리 엄마라도 엄연한 타인이니까, 남의 일기를 본다는 것은 선을 넘는 것이니까, 읽지 않았다. 엄마는 잠들기 전 밤마다 식탁에 앉아 "뭔가를 끼적거렸다". 노트북이 아니라 노트였고 연필이나 볼펜이 쓱싹거리는 소리가 마치 재봉틀 소리처럼 들렸다. 엄마에게 뭘 그리 열심히 적느냐고 물으면 엄마는 그냥 '문장'이라고 했다.

미래는 주짓수 도장에서 우연히 만난 인기 유튜버 '우찌'를 만나고, 우찌로부터 일상을 자연스럽게 표현했을 뿐인데 구독자들이 늘고 큰돈을 벌게 되었다는 말을 듣는다. 미래는 자신 없어 하다가도 마스크를 사기 위해 약국 앞에 줄지어 서 있는 사람들을 인터뷰하는 우찌를 보고 용기를 얻는다. 마침내 그 평범한 일상을 녹화하기 위해 엄마의 외출을 카메라에 담다가 미래는 늘 꼿꼿하고 당당했던 엄마가 사실은 몸이 아파 쉬고 계신 게 아니었다는 것을 알게 된다. 취업을 위해 누군가에게 돈봉투를 건네고, 심지어 그에게 성추행 비슷한 모욕을 당한 후 홀로 눈물 흘리고 있는 모습을 발견한다. 그날 밤 미래는 엄마가 잠들었을 때 가계부를 겸한 엄마의 일기장을 읽는다. "미래의 대학 학자금 대출을 받았다. 언젠가 갚을 수 있겠지" "이런 글을 쓰는 동안, 난 용기를 얻는다."고 적혀 있는 엄마의 문장. 미래는 이제 자신도 파란색 노트를 사서 일상을 기록하기로 한다. 언젠가 취업에 성공하고 나서 엄마에게 얘기할 것이라고, 일상을 기록한 문장들이 미래를 살아가게 하는 힘이 되었다고, 그녀는 그렇게 다짐한다.

그러니까 이 소설 「엄마의 문장」에서 '미래'는 함께 살아냈으면서도 제대로 알지 못했던 엄마라는 존재에 대해 '비스듬히 바라봄'으로써, 담대하고 용기 있게 살아가라고 자신에게 용기를 주었던 엄마, 그래서 내면의 고독과 슬픔과 불안을 감춘 채 미소만 보였던 엄마에 대해 바로 보는 계기를 마련한다. 엄마가 써왔던 문장 역시 자신의 내면을 응시하면서 스스로 치유를 감당해왔던 것처럼, 미래 역시 글쓰기를 통해 상처를 치유하고자 한다. 소설을 포함한 모든 종류의 글쓰기는 이렇듯 자아 응시를 통한 치유의 글쓰기가 된다.

2. 환청과 치매라는 징후

그런데 자아 응시를 통한 상처의 치유가 가능하기 위해서 전제되는 것이 자아에 대한 인식, 곧 자기동일성의 문제다. 소설을 포함한 모든 종류의 글쓰기는 결국 나를 찾는 여행이라 할 수 있고, 인격적 자기동일성(personal identity)에 있어 핵심은 기억에 있다. 내가 어떻게 나일 수 있는가와 관련한 논의에서 데카르트의 경우 자기동일성은 기억에 의존하는 게 아니라 존재 그 자체로도 충분하다고 보지만, 데이비드 흄은 그와는 달리 자기동일성은 기억에 의해 가능하다고 주장한다. 다만 기억은 본래 불완전하다. 기억은 감각 인상의 흔적이요, 시간의 퇴적에 연관되지만, 무의식의 지층에는 무수한 자아가 있으며, 변치 않는 자아란 없다. 우리는 결국 시간의 퇴적에서 끌어올린 기억을 통해 자기를 재구성할 뿐이다.

따라서 앙리 베르그손은 의식은 분리된 순간들의 인위적인 합으로서 존재하는 것이 아니라 매 순간의 상태들이 적극적으로 서로를 반영하면서 연속되어 있다고 본다. 실로 우리는 습관 기억과 이미지 기억이라는 두 기억의 능동적 상호작용에 의해 자기동일성을 유지하는 것이다.

「아인슈페너를 마시는 여자」에서 주된 인물은 종합병원 홍보기획실에서 일하는 '유'라는 남자다. 2층 양옥주택을 개조한 카페에서 아메리카노 한 잔을 주문하고 빈 테이블에 앉으려던 '유'는 얼굴이 창백하고 베이지색 바바리를 입은 여자가 슬픔을 가라앉혀준다는 아인슈페너를 받아 오다 자신을 보고 아는 체를 하며 웃는 것에 자꾸 신경이 쓰인다. 자신보다 열 살 정도 어려 보이는 여자다. 그는 퇴근 후 카페 거리를 걷다가, '기억복원실'이라고 적힌 간판 아래에서 '당신의 뇌에서 잠자는 기억을 복원해드립니다.'라는 문구를 본다. 그는 망설이다 그곳에 들어간다. 카페에서 우연히 지나쳤던 여인이 자꾸 눈에 밟혔기 때문이다. '기억복원실'에서는 슬픔이나 분노를 가졌던 경험이 없었는지 돌이켜보라고, 유년기부터 청소년기, 청년기를 회상해보라 한다. 마침내 중학생 시절 도서관에서 늘 마주치던 여학생을 기억의 지층에서 길어 올린다. 여학생의 손에는 헤르만 헤세의 소설이나, 아폴리네르의 시집이 보일 때가 많았다. 그 무렵부터 '유'는 그 여학생을 '나의 베아트리체'라고 부르기로 했다. 그러나 그뿐, 둘의 관계는 이어지지 않는다.

한편 '유'의 아내 '최미승'은 환청 증세에 시달리는 중이다. 외계에 음의 자극이 존재하지 않는데도 외계의 음이 들리는 현상으로 괴로워하다가 '유'가 근무하는 병원에 내원하여 치료를 받는 그의 아내 최미승은, '유'가 기억복원실에 드나들며 그의 무의식에 각인된, 오래전에 사랑했던 '베아트리체'였음이 밝혀진다. 아니, 대학 때 캠퍼스에서 만났던 후배이니 정확하게는 중학생 시절의 그 베아트리체는 아니지만, 사실상의 첫사랑이다. 그런데 그는 최미승에 대해 언제든 자신이 원할 때 성관계를 하는 등 매우 폭력적이었다. 그러다 헤어지고 다시 만나 결혼을 했다. 그런데 '유'는 기억복원실에서 복원한 여인과 꿈에서 만나는 여인과 카페에서 지나치는 여인을 동일시하는 일종의 병적인 환각 상태를 경험한다.

「아인슈페너를 마시는 여자」의 두 인물, '유'와 그의 아내 '최미승'은 일종의 환각, 꿈에서 깨어났을 때 비로소 자신에 대해 비교적 뚜렷하게 알게 된다. 그러나 소설은 쉽지 않은 과정을 거쳐 어떻게 내가 나일 수 있는가, 나는 대체 누구인가를 알게 된 후, 상처의 치유가 아닌 또 다른 상처를 덧입힌다. 아내는 누에고치 실처럼 자신의 내부에서 들리는, '당신은 결코 들리지 않는, 그 노래가 들리는 곳으로 떠난다'면서, "당신에게 돌아오지 않더라도, 용서해주길 바란다."는 메모를 남기고 사라진 것이다. 그 사라짐, 다시 한번 시도하는 떠남을 통해 어쩌면 '최미승'은 진정한 자아를 찾을 수 있을지 모를 일이다. 여행이든 이야기이든 결국 같겠지만, 길이 끝난 곳에서 다시 길이 시작되고, 이야기가 끝난 곳에서 이야기가 새롭게 시작되는 것을 우리는 알고 있으니까.

환청으로 괴로워하는 인물은 또 있다. 「진동의 기원」에 나오는 인물 '장선욱'이 그러하다. 장선욱은 35세의 남자로 경주에서 3년 동안 휴대폰 대리점을 운영하다가 진도 5~6의 지진이 발생해서 가옥 백여 채가 파손되자 놀란 나머지 부산으로 이사를 온 인물이다. 그의 엄마는 장가를 가면 그때 독립하라고 만류했지만, 장선욱은 이때야말로 독립할 좋은 기회라고 여겨 경주와 멀지 않으면서도 지진 피해가 없는 부산으로 왔다. 그는 세를 얻어 들어간 13평 오피스텔에서 밤중에 누군가 문을 두드리는 듯한 소리―환청을 듣는다. 잠을 자는데 또 무슨 소리가 들리고 낯선 사내가 책상 서랍을 뒤지고 있다. 전에 세 들어 살던 사람이 남기고 간 책상이었다. 꿈이었으나, 그는 몸과 마음이 개운하지 않다.

하루 이틀을 건너뛰며 텔레비전 뉴스에서는 신혼부부 실종 사건에 관한 뉴스가 화제가 된다. 처음 외국 여행을 나간 신혼부부가 벌써 두 달째 돌아오지도 않고 아무런 소식도 없다는 것이었다. 그런데 자신과 아무 상관 없는 그 사건으로 장선욱은 곤욕을 치른다. 어떤 사내 하나가 초인종을 눌러서 문을 열어보니 자신의 나이와 비슷한 낯선 사내가 전에 이 집에서 살았던 남자와 동창이라면서 집 안에 들어가서 살펴볼 게 있다고 떼를 쓰는 것이다. 다음에는 또 낯선 여자가 나타나서 언니가 살던 집이었다고, 언니 짐이 있는지 확인하고 싶다고 집에 들여보내달라는 것이다. 그 두 사람의 느닷없는 방문으로 알게 된 사실은, 신혼부부 실종 사건의 당사자가 직전까지 이곳에서 살았다는 것, 남자에게 아내가 모르는 상당한 부채가 있었다는 것, 여자에게는 결혼 전에 7년 동안 사귄 사내 커플이 있었는데, 집요한 스토커였다는 것 등이었다. 장선욱은 그날 밤 또다시 무언가 부스럭거리는 환청에 시달린다. 결국 필리핀 여행 중에 실종되었다던 신혼부부는 오지에 있느라 휴대폰으로 연락하지 못했다며 아무 일 없었다는 듯 뒤늦게 나타나지만, 장선욱은 그 사내와 얼굴 생김이 비슷하다는 이유로 아내를 몰래 살해하고 자신만 돌아와서 숨어 지내고 있다는 의혹을 받은 끝에 경찰이 찾아오는 소동을 겪는다.

이 소설 「진동의 기원」이 말하고자 하는 것은, 나는 타자와의 관계에서 '나'라는 자기동일성을 확인할 수 있는데, 외부의 물질 혹은 현상으로서의 진동이거나 환청 혹은 불시에 나타나 자신의 공간에 틈입하는 타인들이 그것을 방해하거나 어렵게 하고 있다는 것이다. 그렇다면 진정한 나를 무엇으로 증명할 수 있는가. 이웃의 신고를 받고 출동한 경찰에게 장선욱은 자신의 신분증을 내밀며 나는 실종되었다는 사내 '진수'가 아니라 '장선욱'이라고 항의하지만, 경찰은 신분증을 보는 둥 마는 둥 돌려준다. 부모님을 모시고 오면 확인이 될 것 아니냐는 항의에도 경찰은 그 말을 어떻게 믿느냐고 반문한다. 대체 나는 나를 어떻게 '증명'할 것인가.

더 고약한 경우는 「해뜰참 토스트」의 여성 인물 '나'다. '나'는 60세가 넘은 여인으로 기간제 교사 재계약이 안 될까 봐 전전긍긍하고 있는 딸 '미단'과 함께 살고 있다. 아침 출근길에 딸 '미단'이 해뜰참이라는 토스트 가게에서 간단한 요기를 한다는 말을 들은 적이 있어서 '나'는 한 시간이 넘도록 딸을 찾아 거리를 헤매고 있다. '나'는 언젠가부터 세수할 때 비누 대신 치약을 얼굴에 바른다거나, 외출에서 돌아와 집에 들어갈 때 자신의 집인 506호가 아닌 508호로 들어간다거나, 저녁을 차려야 할 시간에 점심을 먹자거나 하는 치매 증세를 보이는 중이다. 미단이는 자신이 예전에 하던 분식집 이름이 '해뜰참 분식'이었다고 하는데, '나'는 왜 그런지 기억에 없다. 토스트 가게 안으로 들어가 찾아보아도 미단이는 보이지 않는다.

'나'는 대학 때 만난 박재윤과 결혼할 생각에 파리 유학도 포기했으나, 박재윤은 미국으로 유학 간 후 20년이 지나도록 돌아오기는커녕 아무런 소식도 없다. 미국에서 학위를 받았고 자리를 잡으면 연락을 주기로 했던 그에게서 연락이 없는 동안, 아니 그가 사라진 뒤부터 '나'는 두 식구의 생계를 위해 무엇이든 닥치는 대로 일을 해야 했다. 유학파가 아닌 불문학과 졸업장은 쓸모가 없었다. 분식집을 하고 학습지 교사와 마트 계산원을 전전했다. 미단도 아빠를 점차 잊어가는 눈치였다. 그런데 사실은, 남편 박재윤이 유학 간 것이 아니라 그의 본부인에게로 돌아갔다는 것을 딸 미단은 벌써 알고 있는 것이다. 그런데도 '나'는 그 사실을 인정하지 않은 채 어쩌면 20년 만에 남편이 돌아올지 모른다는 환각에 빠져 백화점에 가서 그가 좋아할 만한 책장과 책상과 잠옷과 속옷을 구입한다. 그가 자신을 알아볼 수 있도록 미장원에 들러 매직 스트레이트 파마를 하고 온다. 딸아이 미단은 그런 엄마가 싫어 집을 나갔고 종일 전화도 받지 않는 것이다.

소설 「해뜰참 토스트」의 여성 인물 '나'는 박재윤과의 추억, 자신의 생애 한때 불꽃처럼 각인된 표상적 기억(이미지 기억)에 매몰되어 있는 인물이다. 중첩되어 파묻힌 것처럼 보이지만, 결코 소멸되지 않고 보관되어 있는 기억의 퇴적층에 잠겨 있는 심연이다. 그는 살아 있으나 그가 있는 현재는 무덤과 다르지 않다. 시간의 상처는 치료를 필요로 한다. 소설의 인물이 어떻게 시간과 망각의 심연에서 벗어나 온전한 자기동일성을 회복할 수 있을지 도무지 자신이 없다.

3. 보는 것과 듣는 것

소설 「울음소리」와 「북 리뷰어」 그리고 「마음 테라피의 시간」은 타자의 입으로부터 발화하는 목소리를 나의 귀를 통해 감각하는 일과 관계

되는 이야기들이다. 응시와 타자의 목소리는 모두 관계 속에서 그 모습이 드러난다. 철학적 전통에서 본다는(같은 맥락에서 듣는 것을 포함하여) 행위는 '알다'라는 지식과 '지배한다'는 권력까지를 포함한다. 근대 철학에서 자기의식은 '본다'라는 비유를 통해 나타난다. 그러나 한편 우리는 의식의 투명성을 통해 사물을 있는 그대로 바라보고 있다고 생각하지만, 바라봄―시각의 영역은 욕망과 충동의 작용 속에 왜곡과 굴절을 피할 수 없기도 하다.

소설 「울음소리」는 도시 변두리에 아파트 부지를 마련한 후 지반을 다지기 위해 흙막이를 설치하고 터파기로 땅을 고르고 있던 차에, 아파트 부지 근처에서 맹꽁이 울음소리가 들린다는 것으로부터 이야기가 시작된다. 소설의 주인공인 '강석기'는 건축 사무실을 운영하다가 처음으로 건설업에 뛰어들어 아파트를 시공하게 되고 어렵게 부지를 구했는데, 건물도 올리기 전에 맹꽁이들 탓에 어려움을 겪게 된 것이다. 그 곤란은, 서식지 주변을 생태공원으로 만들어 아파트 공사를 진행하라는 '장 선배'의 조언으로 위기를 넘기게 된다. 장 선배는 건설업으로 성공한 사업가로, 아파트 부지를 알선해준 장본인이며 강석기에게는 고맙기 그지없는 사람이었다. 그러나 시공에 착수한 지 6개월 만에 맹꽁이들이 하나둘씩 죽어가고 환경단체와 계약자들의 거센 항의로 아파트 공사는 멈추고 만다. 생태공원 실패와 계약 위반을 빌미로 청약자들의 계약금과 불입금 반환 요구가 빗발치고, 결국 그의 회사는 은행 대출금을 떠안고 부도를 맞는다.

소설에서 눈여겨볼 것이 두 가지인데, 우선 '맹꽁이 소리'의 의미다. 그것은 아파트라는 물질 혹은 문명적인 것과 대응을 이루는 자연적인 것의 기호일 수 있다. 인간의 끝을 모르는 성장 문명에의 확장 욕망이 저 맹꽁이들의 서식지를 파괴하고, 저들을 결국 죽음으로 내몰고 만다는 생태적 경고의 의미로 읽을 수도 있다. 그 과정에서 밀려나거나 제 몫을 온전하게 차지하지 못한 이들의, 말했지만 말할 수 없거나, 말했지만 들리지 않는 목소리들일 수도 있다. 다른 하나는 소설의 인물 '강석기'와 '장 선배'와의 관계다. 회사가 부도가 나고 강석기는 장 선배의 권유로 자신의 아내와 이혼 위장을 한 채 일정 기간 도피하기로 한다. 장 선배는 사태가 마무리될 때까지 할 수 있는 도움을 주겠다고, 경매에 넘어간 회사를 인수할 사람이 안 나타나면 자신이 인수하는 방향으로 일을 수습하겠다고, 자신이 저금리로 사업 자금을 빌려줄 테니, 성공해서 갚으라고 다독인다. 강석기는 장 선배를 믿을 수 있을까 의심하지만 다른 방법은 없다. 그렇게 1년을 가족과의 연락도 끊고 숨어 지내다가 더 이상은 그런 상태를 견디지 못하고 다시 세상으로 나온다. 그러나 아내와 장 선배는 그의 전화를 받지 않는다. 장 선배는 회사로 찾아간 그를 모르는 사람 보듯 외면한다.

　그러니 그가 보고 듣고 그래서 알게 된 것은 대체 무엇일까. 그는 무엇을 안다고 할 수 있을까. 아니 그 실패로 귀결되는 삶을 통해 자신의 무엇을 응시할 수 있었을까. 라캉은 주체가 자신이 결여하고 있는 것을 대상에게서 발견했을 때 분열된 존재로서의 자신의 위치가 드러나며, 응시가 나타난다고 한다. 응시는 그러므로 시각—보는 것과 아무 상관

없는 결핍의 상징적 기능이다. 결핍은 욕망을 낳고 이러한 욕망에 의해 출현하고 유지되는 것이 라캉에게는 응시가 된다. 그렇다면 소설「울음소리」의 인물 '강석기'는 현실적 실패의 확인(결핍)으로부터 본래의 자아를 찾아갈 수 있을 것인가가 독자의 관심이다.

「북 리뷰어」는 대학 졸업 후 대기업 연구소에 취직하여 7년간 근무했으나 작가에 대한 꿈을 버리지 못해 사직하고 전업 작가의 길에 들어선, 주로 무협이나 대중소설을 쓰는 '이수북'이 최근 출간한 소설 『완벽한 영혼』에 대해 비난하는 글을 쓴 누군가, 리뷰어(reviewer)를 찾아내고자 하는 헛된 노고를 중심으로 전개되는 이야기다.

이수북은 매주 수요일 오전 10시에 '전통차와 함께하는 시 낭송' 모임을 열었던 '백 여사'를 한 문학 모임에서 우연히 알게 되고, 백 여사가 미국 LA에 산다는 그녀의 딸의 산후조리를 돕기 위해 잠시 미국에 가 있는 동안 그녀의 집에 시 낭송 모임의 회원들을 초대한다. 초대된 회원들은 각각 '웨이브'와 '모자'와 '손톱'이라는 닉네임으로 불리는 사람들이다. 웨이브는 전업주부로, 그녀의 표현대로라면 다양한 강좌 쇼핑으로 소일하는 이다. 모자는 대학의 강사다. 손톱은 네일아트숍을 운영한다. 그들은 각자 가져온 음식을 나누어 먹고 마시면서 좋아하는 시를 낭송하거나 평소의 관심사에 대해 이야기를 나눈다. 마치 보카치오의 『데카메론(Decameron)』 축소판 혹은 변형 같은 느낌이기도 하다. 알다시피 『데카메론』은, 페스트를 피하여 피에솔레 언덕에 모여든 젊은 남녀 10명이 월요일에 시작하여 그리스도의 수난일인 금요일과 토요일을 제외하고 2주일에 걸쳐 모두 10일 동안 각각 하루에 하나씩, 총 100편의 이야기를 주고받는다는 이야기다.

소설 「북 리뷰어」에서는 이수북이 최근 출간한 그의 소설『완벽한 영혼』에 대해 거친 비평과 악평을 남긴 닉네임 '다크호스'를 쓰는 이가 저들 중 하나일 거라고 지레짐작하고 온갖 이야기로 저들을 떠보지만 결국 찾아내지 못한다는 것이다. 그는 보고 듣는 행위를 통해 대상과 세계를 인식할 수 있다고 믿지만, 결국 그는 자신의 시선으로 자신을 보는 것이 아닌 외부의 응시를 통해 자신을 맞춰나가는, 타인의 시선에 결박된 결핍으로서의 자아만을 확인할 뿐이다.

「마음 테라피의 시간」에 나오는 인물들—인하, 수연, 정혜도 서로를 바라보고 서로의 목소리를 듣는다. 정혜와 수연은 대학 동창이었고, 인하와 수연은 여고 동창이었다. '인하'는 25년간 일했던 구청의 공무원을 그만두고 바다가 바라보이는 언덕에 카페를 열어 혼자 살아가는 여성이다. '수연'의 남편은 유난스레 건강염려증이 있는데, 얼마 전에 암 검사를 했다. '정혜'는 남편과 무늬만 부부라고 했다. 정혜의 남편에게는 가까이 지내는 여자가 있고, 정혜 또한 알고 있는데도 묵인하고 있다고 했다. 아들이 결혼하고 나면, 남편과 헤어질 것이고 남편은 그 여자와 결혼할 것이라고 정혜는 담담하게 말한다. 그녀들은 그렇게 한 번씩 모여 마음 테라피를 열고, 살아가는 이야기를 나누며 서로를 위로한다. 소설의 말미에 수연의 남편이 입원했는데 남은 생이 많은 것 같지 않다는 소식이 알려지고, 인하는 자신의 첫사랑인 그 남자를 만나기 위해 병원에 찾아간다.

그렇게 보면 무의식적 욕망의 구조에 의해 주어진 것들만을 볼 수 있는 인간의 시각의 작용이란 그 때문에 허위와 오인의 구조가 되는 것을 피할 방법이 없어 보인다. 살펴본 소설의 그 누구도, 타인의 마음을 알지 못하며, 심지어 나라는 존재는 대체 누구인가 하는 것을 명료하게 증명해내지 못하고 있음을 본다. 보고 있는 시선은 주체의 것이지만 응시는 대상의 것인 까닭이다.

4. 장소와 기억의 메타포

소설 「다락방의 상자」는 무엇보다 장소와 기억에 관한 은유(metaphor)로서의 소설이다. 3년 전 회사에서 퇴직한 '진교'는 오랫동안 살았던 아파트에서 주택으로 이사하기 위해 집을 보러 다닌다. 진교와 그의 아내는 도심과 가까운 지금의 집을 매수했다. 오래된 주택이긴 했으나 공원이 가까워 시야가 시원하고 공기가 맑은 데다 궂은 날씨에도 산책을 할 수 있다는 게 장점이었다. 다락방을 도배하다가 갈색 나무 상자 하나를 발견한다. 상자 위에는 'Made in U.S.A'라는 글자가 찍혀 있었고 고리를 열어보니 사진, 편지, 손목시계, 향수, 카세트테이프, 전자기기 등 잡다한 것들이 들어 있었다. 아마 90년대에 살았던 사람의 물건인데 찾아가지 않고 다락의 한구석에서 오랫동안 뒹굴고 있었던 모양이었다. 상자의 주인이 30년이 지나 새삼스레 찾아올 리는 없을 것이다. 아마도 미군과 사귄 여자라는 짐작이 갔다.

진교는 오래전의 기록을 뒤진 끝에 미군과 한국 남자가 연인을 두고 시비 끝에 폭행으로 이어지고 한국 남자가 크게 다쳐 응급실로 실려 갔다는 것, 미군과 사귀는 것으로 알려진 한국 여자는 다친 남자의 전 연인이었다는 것을 알게 된다. 영어학원을 하면서 혼자 살아가는 처제 '혜인'의 인스타그램 등을 확인 후 진교는 그 여인이 혹시 처제가 아닐까 짐작한다. 아내는 펄쩍 뛰면서, "원어민 강사랑 2년 정도 사귄 적 있었을 끼야. 가끔 만나서 밥을 먹고 맥주 한잔하고, 그러다 좀 사이가 깊어졌는데, 그 미국 남자가 어느 날 본국으로 갔는데 거기서 고마 교통사고로 죽었다 아이가."라고 말한다. 그제서야 진교는 자신의 짐작이 틀렸음을 인정한다는 이야기다. 그러나 사실 아내의 이야기가 진실인지는 알 수 없기도 하다.

장소란 집단적 망각의 단계를 넘어 기억을 확인하고 보존할 수 있는 곳이다. 장소가 기억을 되살릴 뿐만 아니라 기억이 장소를 되살리기도 한다는 점에서 그러하다. 김민혜 소설 대부분이 '부산'이라는 장소를 그 공간적 배경으로 전개되는 이야기지만, 소설 「다락방의 상자」는 '부산'이라는 장소에 역사성을 부여한다. 그것은 한국전쟁의 기억과 관련된 것으로 '진교'가 오래된 집 다락방에서 발견한 상자는 전쟁의 상흔과 관계된 이들이 살고 사랑하며 혹은 눈먼 증오로 서로를 향해 폭력을 행사했던 아픈 과거의 기억을 상기한다. 실제로 진교의 처제는 역사적 상흔으로부터 여전히 완전한 회복에 이르지 못하고 있는 인물을 상징하는 기호로 남아 있다.

주디스 허먼에 따르면 외상(trauma)이란, 심각한 죽음이나 상해를 입을 위험을 실제로 겪었거나 그러한 위협에 직면했을 때, 혹은 타인이 죽음이나 상해의 위협에 놓이는 사건을 목격하였을 때, 이에 대하여 강렬한 두려움, 무력감, 공포를 경험한 경우를 의미한다. 이런 일들은 흔히 전쟁 참전용사나, 어렸을 때 성적인 학대를 당한 사람, 그리고 강간을 당한 여성들에게서 흔히 발병하는 것으로 알려져 있다. 기억을 말한다는 것은 고통을 말하는 것이다. 따라서 아직 오래된 상흔에서 벗어나지 못하고 있는 진교의 처제 '혜인'은 말했지만 말할 수 없거나, 말했지만 들리지 않는 목소리로 남는다.

소설집에 수록된 김민혜 소설 여덟 편은 어느 하나 예외 없이, 치밀하고 섬세한 묘사와 정밀한 표현으로 독자의 시선을 사로잡는다. 사실 인물의 특성과 성격을 나타내는 데 있어 정물적 요소의 활용은 북구 미술의 특징이기도 하다. 소설에서 대상에 대한 정밀한 묘사의 힘은 무엇보다 이야기의 리얼리티를 강화하는 데 기여하는 수사적 장치다.

함께 살펴본 김민혜 소설들은 다시 강조하지만, 자아의 응시를 통한 상처의 치유를 통해 궁극적으로 아리스토텔레스적인 의미에서 쾌락(행복)을 추구하는 서사다. 소설이란 내면성을 지니는 고유한 가치를 알아보려는 모험의 형식이다. 루카치는 그것을 '문제적 개인의 자기인식에로의 여행'이라고 말한 바 있다. 소설에 대한 그의 언명을 낡은 것으로 치부하는 이들도 없지 않으나, 소설이 그 자체로서는 삶의 자연스러운 시작과 끝, 즉 탄생과 죽음과는 아무런 관계를 맺고 있지 않지만, 소설이 시작하고 끝나는 바로 그 지점을 통해 삶의 본질에 대한 성찰에 이를 수 있다면, 루카치의 말은 여전히 소설이란 무엇인가에 대한 유효한 명제라고 나는 믿는다. 김민혜 소설은 다양한 인물의 내면에 가득 고인 불안과 존재론적 고독을 타자와의 관계 속에서 해결을 모색하는, 깊은 사유의 흔적이다.

발표지 목록

엄마의 문장 _『오늘의 좋은 소설』 2022년 여름호

아인슈페너를 마시는 여자 _『작가와 사회』 2019년 겨울호

울음소리 _『한국소설』 2018년 10월호

진동의 기원 _『The 좋은 소설』 2018년 겨울호

해뜰참 토스트 _『한국문학인』 2020년 여름호

북 리뷰어 _『한국소설』 2021년 4월호

마음 테라피 _『주변인과 문학』 2020년 가을호

다락방의 상자 _『모자이크, 부산』 2021년 6인 작가 앤솔러지